Im ersten Buch mit dem Krasznahorkai sich hierzulande einen Namen machte (›Die Melancholie des Widerstands‹), war der Ort der Handlung leicht überschaubar. Die zur Phantasmagorie entartete lächerliche Provinzposse spielte in einer ungarischen Kleinstadt. Im nachfolgenden Roman ›Der Gefangene von Urga‹ zieht der Autor weitere Bögen. Er schickt – der Autor ist zugleich der Ich-Erzähler – einen melancholischen Ungarn nach China mit dem Transsibirien-Express. Mit ihm im Zug also sitzen langweilige, trockene, verdrießliche Menschen, die alle ihr Schicksal einmal im Leben herausfordern wollen – wie der Erzähler übrigens auch. Aber noch ehe der Reisende seine innere Leere zerstückeln kann wie die Kilometer seiner Reise, wird er unweigerlich verwandelt von der Unendlichkeit Chinas. Die Wüste Gobi in Richtung Peking zu durchqueren bedeutet, spurlos zu werden. In der Weite der Landschaft verschwinden Vergangenheit und Zukunft. Wie in fast allen Reiseromanen über China – von Marco Polo bis Italo Calvino – wird das Reich des Anderen zu einem Vexierbild des Eigenen. Dies Buch erzählt die Geschichte einer Wiederbegegnung mit dem eigenen Ich – ein ironisches Fabelbuch, ein melancholisches Märchen.

László Krasznahorkai, 1954 in Gyula / Ungarn geboren, zog nach seinem Studium in Budapest jahrelang durchs Land und war in verschiedenen Berufen in Dörfern und Städten der Provinz tätig. 1987 / 1988 Gast in Berlin im Rahmen des Künstlerprogramms des DAAD; 1991 Stipendiat der Villa Waldberta bei München. Er lebt als freier Autor in Szentendre, einer kleinen Stadt an der Donau bei Budapest.

Außerdem von László Krasznahorkai als Fischer Taschenbuch: ›Die Melancholie des Widerstands‹ (Bd. 11880).

László Krasznahorkai

Der Gefangene von Urga

Roman

Aus dem Ungarischen
von Hans Skirecki

Fischer Taschenbuch Verlag

Veröffentlicht im Fischer Taschenbuch Verlag GmbH,
Frankfurt am Main, Juli 1996

Lizenzausgabe mit freundlicher Genehmigung
des Ammann Verlags AG, Zürich
Die Originalausgabe erschien 1992 unter dem Titel
›Az urgai fogoly‹ im Verlag
Széphalom Könyvműhely, Budapest
© 1992 by László Krasznahorkai
© 1993 by Ammann Verlag AG, Zürich
Druck und Bindung: Clausen & Bosse, Leck
Printed in Germany
ISBN 3-596-12999-0

Gedruckt auf chlor- und säurefreiem Papier

Nel mezzo del cammin di nostra vita
Mi ritrovai per una selva oscura,
Chè la diritta via era smarrita.

D. A.

Grad in der Mitte unsrer Lebensreise
Befand ich mich in einem dunklen . . .

H. G.

I

Für Miklós Mészöly,
sehr herzlich

VOR MAAN'T, HINTER MAAN'T Auf die Frage, womit die Geschichte denn begonnen habe, antwortete ich
schon eine Woche nach meiner Heimkehr – Fragenden
und Antwortenden gleichsam auf dieselbe schiefe
Ebene stellend – irgendwem, begonnen habe sie mit der
Reise und geendet ebenfalls, mit der außergewöhnlichen Reise, setzte ich hinzu, die zwischen Urga und
Beijing annähernd mit einem Tag, einer Nacht und
einem weiteren Tag meßbar war – und dieses Annä-
hernde, dieses unverhüllt Ungefähre, diese für mich
nun wirklich nicht typische großzügige, das heißt lyrische Handhabung der Angaben, kurz, daß ich dem
sonst geradezu quälenden Zwang meiner Leidenschaft
zu einer geradlinigen Antwort ein Nein entgegensetzte
und die Entfernung mit der Dauer ausdrückte, stellte
mich mitten in die rätselhafte, schwere Traurigkeit, aus
deren sanftem, aber unbarmherzigem Strudel ich mich
seither nicht befreien konnte, so oft ich es auch versuchte – und immer aus einer anderen Richtung, um sie
endlich loszuwerden und endlich einzutreten in diese
im Zaudern versickernde Berichterstattung, diese oft in
Verwirrung erstickende Information, diese dämmer-
hafte Meldung oder wie immer man es nennen will. Ich
war und bin mir sämtlicher Einzelheiten meiner Ge-

schichte bewußt, ich fühlte und fühle mich natürlich imstande, mich an ihr festzuhalten und ihre Grundelemente wiederzugeben; doch vom ersten Versuch an vermochte ich und vermag ich auch jetzt nicht in Worte zu fassen, *wovon dies alles handelt* und warum und von wem ich des Augenblicks beraubt werde, in welchem mir der orientierende Sinn des hier folgenden merkwürdigen Ereignisses klar werden könnte, das, was die Geschichte sagen will. Ich bin also hinsichtlich des Wesentlichen ratlos, zu meiner Schande verstehe ich das Wesentliche nicht, und ich glaube, ich darf offen zugeben, daß mich eine solche Ausbootung aus dem Wesentlichen sehr schmerzlich trifft, senkt sich doch das Urteil über ein Wesen herab, das sich bislang ohne Unterlaß als hoffnungslosen Erforscher einer im Dasein vermuteten ideellen Aussage betrachtete und dem es bisher nicht in den Sinn kam, daß aus einem ein wenig altmodischen Besessenen nicht nur ein nach dem Wesentlichen strebender Nichtsnutz, sondern irgendwann sogar geradenwegs ein geschaßter Ritter des Wesentlichen werden könnte.

Nach dieser als Einleitung gedachten Erwähnung der Ausgeschlossenheit aus dem Sinn der Geschichte ist es nun an der Zeit, daß ich von der Traurigkeit, die der Beginn der Erzählung geweckt hat, verrate, daß sie zu der leeren und gerade ihrer Leerheit wegen gefährlichen Melancholie zurückführt, die mich schon um die Mitte der Reise befiel und zu der auch ich meinen einsamen, müden, sensiblen Leser zurückführen muß, wenn ich will, daß er versteht, daß diese Melancholie mit der Geschichte selbst identisch ist.

Kalt stach die Sonne, und der Himmel war von einem so grellen Blau, wie man es, ich möchte sagen, fast nur noch in den Augen gehetzter Meuchelmörder zu sehen vermag. Wir hatten die Elendsquartiere von Urga verlassen, es gab keine zerlumpten Winkenden mehr, und in der Ferne hatte sich der scheußliche Wachtturm der letzten Kaserne verloren. Ich trat weg vom Zugfenster und begann mein beim Einsteigen einfach hingeworfenes Gepäck zu ordnen. Da ich mich aber nicht recht entscheiden konnte, was in den Reisesäcken bleiben und was herausgenommen werden sollte, was also in der nächsten Zeit benötigt werden würde, vollendete ich dieses Tun erst, als der Zug in seiner verwirrenden Gemächlichkeit einen Paß überwunden und den südlichen Hang des Bogd-Gebirges erreicht hatte und als draußen das begann, wovon ich zwar wußte, daß ich damit zu rechnen hatte, das mich aber dennoch in Erstaunen versetzte: die am ehesten an Halden unfruchtbaren Gesteins erinnernden Gebirgsketten entlang endloser Hochebenen. In der wohligen Wärme des Schlafwagens legte ich mich auf den Rücken, lehnte den Kopf an ein Kissen und unterzog die Landschaft durch das Fenster einer aufmerksamen und prüfenden Betrachtung; als ich jedoch erkannte, daß die alpdruckhafte Wirkung der Halden keinerlei Vergleich glaubwürdig wiedergeben könnte – waren diese riesigen, kahlen Berge doch unübersehbar und unbezweifelbar *tot* –, lenkte ich mich flink von dieser beunruhigenden Tatsache ab und stellte mir die Fragen, die sich Reisende üblicherweise stellen, unter anderem, was ich hinter mir gelassen hätte und was mich noch erwarten würde. Ich breitete eine Karte vor mir aus, und weil ich einen ganz leichten Schwindel empfand, als wären die ratternden Räder unter meinem Abteil unvermutet auf ein steil abfallendes Geleis abgeirrt, folgte ich, um meine Situation zu bestimmen, mit dem Zeigefinger neuerlich der bis Jining schnurgeraden schwarzen Linie, die Urga mit Beijing verbindet und die die Strecke nicht nur meines gut geheizten mongolischen Zuges, sondern des gesamten, gespenstisch russischen, sogenannten Transsibirien-Expresses anzeigen sollte – eine winzige Linie, dünn wie Zwirn, so stellte ich fest, in einem riesigen gelben Feld.

Schon in Urga hatte mich verwundert, daß der duckmäuserisch dreinblickende Angestellte des Fahrkartenbüros so, als könnte er keine eindeutige Antwort geben, den verdrückten Blick abgewandt und meine Frage, zu welcher Stunde und Minute mein Zug im Hauptbahnhof von Beijing einlaufen würde, einfach nicht zur Kenntnis genommen hatte; aber ob allein dieser ärgerliche Zwischenfall, der mir nun wieder einfiel, meinen Entschluß erklären kann, weiß ich nicht; jetzt, mit dem Zeigefinger auf der Karte, entschied ich jedenfalls: wenn die in Urga zur Schande ihres Berufs nicht dazu imstande waren, dann werde ich hier und sofort klären, zu welcher Stunde und

Minute – und schon zückte ich, erster Schritt des uralten Verfahrens, aus der Entfernung und der Geschwindigkeit auf die Zeit zu schließen, einen Stift, um anhand des in der linken unteren Kartenecke befindlichen Maßstabs den Hunderterschritt zu ermitteln. Diese Berechnung war ebenso ein Kinderspiel wie das Ergebnis genau fünfzehnmal auf die zwirnsdünne Linie zu übertragen, aber als ich – wozu es bestreiten – das mit handwerklicher Methode erzielte Resultat von eintausendfünfhundert kontrollieren und auf den dortigen Maßstab anwenden wollte und die Sache auf einer anderen Karte untersuchte, fand ich heraus, daß diesmal dieselbe Linie im selben gelben Feld eintausenddreihundert Kilometer maß. Ich war mir klar darüber, daß meine Berechnung erheblich an Sinn verlöre, wenn ich schon zu Beginn mit einer so hochgradigen Unsicherheit weitermachte; ohne zu überlegen, welche von den beiden Karten die Wahrheit sagen mochte, griff ich deshalb zu einer dritten, in China herausgegebenen, und sagte mir, nun mögen die dortigen Erfahrungen entscheiden. Ich maß also weiter, verglich und schätzte, korrigierte und präzisierte und dachte schließlich mürrisch: hol's der Henker, die Chinesen sind auch nicht zuverlässig – und so ging es, bis ich auf einmal gewahr wurde, daß ich mich nicht mit der Karte und der dünnen Linie beschäftigte, sondern – wer weiß, seit wann schon – aus dem Fenster gaffte; in die offenkundig nutzlosen Berechnungen vertieft, hatte ich vermutlich aufgeblickt, und ohne daß es mir bewußt wurde, hatte irgend etwas hinter der Scheibe, wo die unüberschaubaren toten Berge vorüberzogen, meinen Blick festgehalten. Ich vermochte ihn nicht abzuwenden, gebannt betrachtete ich diese erschreckende, verlassene, leblose Landschaft, die nackten Bergspitzen, wie sie, gerade in ihrer eintönigen Folge, im Fensterausschnitt stillstanden, wie sich auch die Landschaft nicht veränderte; und in dieser schonungslosen Beständigkeit hatte ich auf einmal das Gefühl, womöglich seien nicht meine Karten unbrauchbar, sondern meine Begriffe und die Absicht, in Kilometer zu zerstückeln, was hier in Wirklichkeit unteilbar war: die grenzenlose Weite des von allem vergänglichen Inhalt befreiten Raumes. Wenn von Informationen hiernach überhaupt die Rede sein kann, dann fuhren wir noch, vor Maan't, über tausend Meter hohe Hochebenen, der eiskalte, stürmische Wind trieb heulend riesige Disteln vor sich her, die Sonne regierte reglos im Zentrum des blauen Himmelsgewölbes, während sich mein Zug schwerfällig nach Südosten voranbohrte – kurz, alles deutete darauf hin, daß es der Gegend unter diesen gleichgültigen Umständen völlig einerlei war, ob meine Kilometer den Dienst versagten oder nicht, im Gegensatz zu mir, dem das durchaus nicht gleichgültig war, und worüber sich mein einsamer, gebrochener, verwundeter Leser, der irgendeine Handlung erwartet, nun vermutlich leicht hinwegsetzt (ich höre ihn geradezu seufzen: tausendfünfhundert oder tausenddreihundert, ich muß doch bitten! wen interessiert das?), darüber konnte ich, dort, vor Maan't, durchaus nicht einfach zur Tagesordnung übergehen: daß ich nämlich an einen Punkt der Welt gelangt war, wo die Distanzen mit den Maßeinheiten der Entfernung nicht gemessen werden können. Das war für mich, der ich mich immer als störrischen Gegner von Verschwommenem und von die Dinge im Zwielicht lassenden, neutralen Benennungen betrachtet habe, als sollten beispielsweise unter Nötigung die Farben mit der von ihrer Betrachtung ausgelösten Müdigkeit bestimmt, ein Bachscher Akkord von ausladendem Klang mit volksnahen Ideenassoziationen oder das schmerzliche Fehlen der göttlichen Gegenwart im Armesünderhaus mit wütendem Protest gegen die abnehmende Qualität des Galgens umschrieben werden; so begann ich dann, verständlicherweise, wenngleich vergeblich, schon hinter Maan't unwillkürlich auf das Rattern der Räder zu achten, um nicht meine Hoffnungen auf die Errechenbarkeit der Entfernung und somit des Zeitpunktes unserer Ankunft aufgeben zu müssen.

Ja, wir hatten Maan't mit seinen einst rosarot angestrichenen, Spuren mongolischer Barockverzierungen aufweisenden, stark im Verfall begriffenen, unbeschreiblich erbärmlichen Steingebäuden und seinen Jurtenbehausungen im Hintergrund verlassen, als ich die ratternden Schläge der Räder unter meinem Abteil zu zählen begann, und als ich erkannte, daß die Länge der

Reise in, beispielsweise, hunderttausend Radschlägen anzugeben im Grund nichts aussagen würde, wiesen diese doch, ungefähr vom hundertfünfzigsten an, nicht auf das Fortschreiten der Distanz und der Zeit, sondern auf den Umstand, daß kein einziges Element dieses Fortschreitens vergeht; als ich also einsah, daß es schon zu viele ratternde Schläge waren, hatten die Berge draußen Hügel abgelöst, und ich wußte, daß das leichte Schwindelgefühl, das mich zu Beginn des Kartenstudiums befallen hatte, nicht irgendeine grundlose, dumme, flüchtige Empfindung gewesen war, sondern eine Art Vorzeichen, eine Protestantwort meines Organismus auf die nun, hinter Maan't, wenigstens ebenso betäubende wie offensichtliche Tatsache, daß es bergab ging, daß sich mein Zug aus der Höhe der Hochebenen immer tiefer zur Wüste hin senkte. Unnötig zu sagen, daß ich mich in nichts auf die Karten verließ, dennoch nahm ich, als ich trotzdem erneut auf die eine blickte, mit entschiedenem Mißbehagen zur Kenntnis, daß – außer den noch recht weit entfernten Char Airag und Sainschand – entlang der zwirnsdünnen Linie durch die Wüste Gobi keine einzige Siedlung eingezeichnet war, so daß ich nun, hinter Maan't, damit rechnen mußte, daß ausgerechnet Maan't mit seiner angezweifelten, verleugneten, aber für mich um so augenfälligeren Existenz der Punkt ist und die gespenstische Grenze, mit dem und mit der zusammen auch der ahnungslose Reisende von den ungültig gewordenen Karten verschwindet, um einzutreten in das berauschende, ungeheure Medium, wo ... andersartige

Tatsachen... andersartige Gewißheiten maßgebend sind.

Da fuhr der Zug an zwei zerlumpten Mongolen vorüber, die, offenbar der Leitgeraden der Schienen vertrauend, jeder ein großes Stück Kohle vor sich her tragend, gegen den Sturmwind gingen, und wenig später machte ich in der Ferne eine ruhende Kamelherde aus, die graugelben Felle wurden geradezu aufgesogen von dem kahlen Hintergrund der immer flacheren Hügel; doch eine klare Erklärung dafür, aus welchem Nichts die beiden Mongolen – zu Fuß! – aufgetaucht sein mochten und woher sich etwas Lebendiges in diese leblose Einöde verirrt haben könnte, ergab sich erst, als der Zug in dem viel weiter entfernt vermuteten Char Airag vor dem Stationsgebäude hielt und aus einem bisher nicht bemerkten Lautsprecher über mir eine schnarrende Stimme dröhnte, die mir erst in mongolischer, dann in russischer und schließlich in englischer Sprache mitteilte: Ten minutes wait! Ten minutes wait!, woraufhin wir sogenannten Reisenden uns aus unseren Abteilen schleppten und schwankend und blinzelnd wie halb erstarrte, blinde Insekten zwischen die Gleisstränge hinabkletterten. Das verwitterte und vom Kalksalz zerfressene Bahnhofsgebäude und die wenigen – ungefähr hundert Meter dahinterliegenden – stallähnlichen, in unendlichen Tiefen der Gottverlassenheit versunkenen Steinbauten hätten mir allein schon genügt, um zu erkennen, daß nach den bisherigen Vorbereitungen oder, richtiger, nach dem hier abgeschlossenen Kapitel des Abstiegs wir nun wahrhaftig in die unmittelbare Nähe des Beginns unserer Wüstenreise, ich könnte sagen, an die Char Airager Schwelle unseres Niedergangs gelangt waren; doch davon überzeugte mich nicht dieser auf schreckliche Weise Orientierung bietende Anblick, sondern das merkwürdige Verhalten meiner Reisegefährten zwischen den Schienen, und – in deren Spiegel – meiner selbst. Denn wir lungerten auf der von eisigen Windstößen heimgesuchten gepflasterten Fläche herum, als hätte uns unverkennbar weniger die übliche Unbequemlichkeit der langen Fahrt so mitgenommen, als vielmehr das Bewußtsein, dies hier sei wirklich die letzte Station, die noch Spuren menschlicher Anwesenheit, in welch erschreckender Qualität auch immer, aufweise. Aus Abscheu davor, angesprochen zu werden, trat kein einziger einmal zufällig in die Nähe eines anderen, argwöhnisch musterten wir uns mit geröteten Augen, und obwohl ich – und vermutlich nicht nur ich – insgeheim den vagen Plan erwog, den Nächstbesten einfach zu fragen, was er meine, ob es überhaupt Grund zu irgendwelcher Besorgnis gebe, wurde nichts daraus, denn dieser Plan wälzte sich solange in meinem dunklen Inneren, bis ihm ein scharfer Pfiff der Lokomotive und die eilige Rückkehr in die Waggons, bei der wir einander in die Hacken traten, ein Ende setzte. Und wenn es allein darum gegangen wäre, ob hier irgendwelche Besorgnis berechtigt oder aber absolut unbegründet war, dann hatten wir damit wahrhaftig nichts verloren, als wir selbst auf den Anschein einer Kontaktaufnahme verzichteten; die Antwort, daß wir nach den bisherigen Ereignissen mit besonders heiteren Erlebnissen nicht mehr zu rechnen hatten, konnte sich nämlich jeder unverzüglich selbst geben. Mit was für Erlebnissen aber dann, darauf ließ die Landschaft, als wir von Char Airag weiterfuhren, nicht recht schließen, denn in ihr war gegenüber der früheren keine wesentliche Veränderung zu erkennen, wie ich, als ich meinen Platz im wohlig warmen Abteil wieder eingenommen hatte, feststellte, allerdings, um dies gleich anzumerken, irrtümlicherweise. Ich sah den steinigen Boden mit den verstreuten Büscheln krampfhaft sich festklammernden Steppengrases, ich sah am Himmel aufeinandergeschichtet das Reich aller Blautöne, vom schweren Dunkel bis zu dem im Licht weißlich Leuchtenden, mir fiel lediglich nicht auf, daß die stetig sich glättenden Hügel gleichbedeutend waren mit dem ständig und immer rascheren Wachsen dieser toten Landschaft – *das* entging meiner Aufmerksamkeit.

Es entging mir, aber mit meiner Beobachtungsfähigkeit hatte sich überhaupt etwas ereignet; denn kaum hatten wir das Tor von Char Airag verlassen und begannen, uns von ihm zu entfernen, hatte ich immer deutlicher das Gefühl, ich sei unfähig, wesentliche Unterschiede zwischen dem früheren und dem momentanen Anblick, der sich mir durch den Fensterausschnitt bot, zu bemerken. Es handelte sich nicht darum, daß meinen müden Augen, sagen wir, irgend etwas verschwommen erschienen wäre oder daß ich gedöst hätte – nie war meine Aufmerksamkeit so gespannt gewesen, nie war mir ein so scharfes Bild begegnet wie jetzt das da draußen; es handelte sich vielmehr darum, daß die vor meinem Fenster vorüberschwimmenden, genauer gesagt, vorüberdröhnenden Einzelheiten dieser Wüstenprovinz zu einer unverrückbaren, endgültigen Einheit, einer unveränderlichen Beständigkeit zusammensprangen, und ich bin mir sicher, auch meine Körperhaltung drückte zuverlässig mein krampfhaftes Bemühen aus, über Stunden hinweg, leicht vorgebeugt und die Hände im Schoß zur Faust geballt, herauszufinden, woran mich diese nach ihren Einzelheiten nun auch ihre Ganzheit zeigende Provinz so sehr erinnerte. Ich überdachte neuerlich meine Reise vom Südhang bei Bogd bis hierher, mein Blick durchwanderte neuerlich das gigantische gelbe Feld von den toten Bergen bis zu der immer trostloseren, schauerlichen Einöde, und heute scheint es geradezu unglaublich, wie lange es dauerte, bis in meinem Hirn endlich die ersten zweckdienlichen Wörter heraufdämmerten, die mich dann zu den nächsten und übernächsten geleiteten, bis ich endlich, noch vor Sainschand, die klare Definition fand: Mein Zug fährt durch ein ausgetrocknetes Meer gen China, ich befinde mich also, ergänzte ich verwundert, auf einem einstigen Meeresgrund.

Ich stand auf und ging, freilich nur, soweit das in einem engen Eisenbahnabteil möglich ist, zwischen dem Fenster und der Tür auf und ab. Ich brauchte nun nicht mehr andauernd hinauszusehen, hin und wieder konnte ich den Blick abwenden, aber immerfort war mir bewußt, daß ich durch eine grimmige Senke der Welt reiste. Die Erregung, das in Worte zu fassen und mir bewußt zu machen, verflog rasch, ihren Platz übernahm eine bisher nie erlebte, ganz leichte Schwermut, ja, jene gewisse am Anfang erwähnte Melancholie: Ich fühlte mich, als hätte mich dieser auszehrende Friedhof eines einstigen Meeres zu seinen Gespenstern geholt – ein Friedhof, über dessen stetig wachsende, irgendwo an einem nicht auszumachenden Punkt zur Ruhe kommende, riesenhafte Dimensionen ich mir inzwischen, o ja, im klaren war.

Mein in der unendlichen Weite kaum wahrnehmbarer Zug rollte in Sainschand ein, die Lokomotive nahm Wasser auf, und wir fuhren weiter.

Ich legte mich auf den Sitz, zog eine Decke über mich, schob das Kissen unter meinem Kopf zurecht; und bevor der unvermittelt in abendlichem Dunkel versinkende Himmel das wogende Mondrelief der beginnenden Sandwüste draußen ganz in Besitz nahm, begriff ich in dem auch im Abteil immer dichter werdenden Dunkel, daß mich letztlich alles, meine ganze Reise, hierher geführt hatte, zu der unendlichen Eintönigkeit des allmählich dunkel werdenden Bildes in meinem Fenster und, zurückdenkend an die erfolglosen Versuche, Entfernung und Zeit zu bestimmen, zu der Erkenntnis: Den Spuren des einstigen Anordners dieser großen Austrocknung folgend, erfahre ich nun, wie es in seiner Nähe sein mag, wo, und ich fühlte den Schlaf nahen, die Vollkommenheit der Eintönigkeit in allem glimmt, wo eine unsteigerbar perfekte Monotonie alles Maß bestimmt und das Gewicht aufhebt, wo also die Ewigkeit ist, in die ich jetzt hier, und meine Augen schlossen sich, gekommen bin, auf dem Weg nach China.

II

Zwei kleine Hände am Anlassschalter In der Nacht eines fernen Herbsttages, weit weg schon von den jetzigen fiebrigen Stunden und vom Präsens imperfectum des Niederschreibens, da das Radio auf meinem Tisch in einem fort hysterisch wiederholt, daß wieder Krieg ist, im schönen Nebel des jenseitigen Ufers des Friedens also, gegenüber dem blutig erschreckenden diesseitigen, in jener Nacht Ende September lief mein Zug, ein russischer und unterwegs von Ulaanbaatar nach Beijing, mit seinen sieben Waggons verbotenen Tätigkeiten nachgehenden mongolischen und polnischen Handelsreisenden und einem Wagen mit vierundzwanzig Fahrgästen – mich eingeschlossen –, die eine verborgene Änderung ihres Schicksals planten, aus der absoluten Finsternis der Wüste Gobi in die Station Dzamyn Uud ein. Die Bremsen kreischten, die Schlafenden schreckten hoch, die Lokomotive blies mit einem langen Seufzer seitlich den Dampf aus, und wenngleich wir wußten, daß sich die Wüste den Karten nach noch über schier endlose Kilometer fortsetzen würde, hatten wir doch alle das Gefühl, für uns sei sie hier, irgendwo bei Dzamyn Uud, zu Ende. Vielleicht, so wurde korrigierend eingewandt, ist sie wirklich zu Ende, vielleicht, so verlagerte sich der entscheidende Nachdruck von der Besorgnis auf die Zuversicht, wird das der Punkt sein, wo wir aufatmen können, und als uns das ohrenbetäubende Kreischen der Bremsen aus den Abteilen lockte und wir im durch uns selbst verursachten Gedränge schließlich doch alle einen Platz an den Fenstern des Ganges fanden, lag in dieser Verschiebung des Akzents bereits die Überzeugung, tiefer, noch tiefer könne es nun nicht mehr gehen; von hier, und wir begannen den Namen der Bahnstation zu studieren, führe der Weg ganz bestimmt nur hinaus. Zamin Uud, buchstabierte ich die kyrillische Tafel. Zhamen Aid, rief neben mir jemand ins Abteil. Tzam Ude, hörte ich weiter hinten. Die Erleichterung war allgemein.

Eine lange Fahrt lag hinter uns, wie lang, konnten wir nicht wirklich wissen, denn der Maßstab, mit dem wir es hätten bestimmen können, hatte unterwegs versagt. Das heißt, eigentlich ging es nicht um den Maßstab und auch nicht um die Länge, sondern darum, daß uns diese Wüstenreise in ein Wissen einführte, das niemand besitzen wollte, daß sie uns eine Erfahrung schenkte, auf die wir alle nicht vorbereitet waren – ich muß sogar sagen, daß mit dieser Erfahrung Unwürdige belohnt wurden, daß für dieses Wissen Ungeeignete eingeweiht wurden. Wir hatten nämlich nicht einmal damit gerechnet, daß zwischen Ulaanbaatar und der mongolisch-chinesischen Grenze überhaupt mit irgend etwas zu rechnen sei, im Gegenteil, wir meinten, wenn es lang wird, dann wird es eben lang, wir halten es aus, die Kupees sind den Umständen entsprechend bequem, die Heizung ist gut, das einzige, worauf wir uns einstellen müssen, ist die Langeweile – und diese kleine Unannehmlichkeit, so hatten wir uns schon auf dem Bahnhof von Ulaanbaatar gesagt, ist wahrhaftig zu ertragen, wenn man bedenkt, was einen hernach erwartet. Unsere Vorstellungen waren also recht naiv; kein Wunder, daß es uns überraschte, ja geradezu verblüffte, daß unsere Fahrt durch die Wüste nicht die Geschichte beschwerlicher Erlebnisse und Prüfungen wegen eingeschlafener Gliedmaßen, sondern die des Bewußtwerdens einer Ausnahmesituation sein würde: die Erkenntnis einer Tatsache, die, wie wir glaubten, mit der Alltagswelt unseres Lebens deshalb nicht in Verbindung zu bringen war, weil wir in uns vor allem die vermutete abstrakte Allgemeinheit zu entdecken vermochten, auf die sich dieses weniger in unerwarteter Erkenntnis oder Bewußtwerdung, wie zuvor behauptet, sondern in eher langsamem Bemerken erworbene Wissen auf das entschiedenste bezog. Ich will durchaus nicht verschweigen, daß gegen die bisherige und nachfolgende, ein wenig willkürliche Benutzung des Plurals wahrscheinlich alle meine dreiundzwanzig Mitreisenden protestieren würden, führte uns in ihn – und damit vorerst genug hierzu – doch tatsächlich nicht die gegenseitige Bekanntschaft; beim Einsteigen hatten wir uns nur flüchtig gemustert und uns dann wortlos mit dem Partner oder allein in unser jeweiliges Abteil zurückgezogen; aber auch sie würden nicht bezweifeln, daß wer sich als an sich schon auffälliges Zeichen unserer Verwandtschaft eine Karte für den Zug nach Beijing gekauft hatte, die eigenen Ziele und eigenen Schwierigkeiten nicht mehr – wie es so bedrückend häufig zu geschehen pflegt – mit den poetischen Zielen und Schwierigkeiten eines der Phantasie entsprungenen Helden verwechselte. Denn in unserem Fall handelte es sich – und auch darin würden sie mir vielleicht alle zustimmen – um langweilige, trockene, verdrießliche Menschen, nicht nur dadurch verbunden, daß sie nicht mehr hinters Licht zu führen waren, sondern auch durch das Gegenteil, durch die über bloße Verbitterung hinausreichende, letztendlich nicht ausgeschlossene Möglichkeit, daß diese vierundzwanzig, mich eingeschlossen, unter bestimmten unverhofften Umständen – und solchen uns auszusetzen waren wir ja im Begriff – und gerade in den empfindlichsten Dingen einmal noch, ein letztes Mal, zum Abschied gleichsam – sehr wohl hinters Licht zu führen waren. Zwischen uns bestand eine Ähnlichkeit, die uns in ihrer entwickeltsten Variante anstatt mit Freude oder Stolz eher mit Unruhe erfüllte, vermuteten wir doch einen Angriff auf unsere behütete Einsamkeit; andererseits war es aber eine so verräterische, so offenkundige Ähnlichkeit, daß ich mich jetzt noch ermächtigt fühle, zwar nicht bestätigbare, aber doch wahre, sogenannte freie Aussagen dazu zu machen... beispielsweise dazu, daß wir, sofern wir nach dem Grund der Reise gefragt wurden

24

(»Wozu fahrt ihr bloß nach China...!«), weiteren
Fragen mit großer Wahrscheinlichkeit auf genau die
gleiche Weise vorbeugten, indem wir sagten, weil
wir Vergessen für unsere Sorgen suchten, und daß,
wenn die ungläubigen und ein wenig gekränkten Fragenden hierauf brummelten, zur anderen Seite der
Erde zu wandern, das sei nicht gerade die normale
Art des Vergessens, wir mit noch größerer Wahrscheinlichkeit antworteten, o ja, das stimme, aber...
unsere Sorgen seien auch nicht das, was man normal
nenne. Das alles mag als einseitige Charakteristik unserer Verhältnisse und als Information für die Da-
heimgebliebenen so zutreffen; anders gesehen sind
unsere Motive jedoch – und ich komme auf die Angelegenheit zu sprechen, um darüber berichten zu
können – bescheidener, erdverbundener, sogar klein-
licher, würde ich sagen, wenn es nicht zu schonungs-
los wäre, als die desjenigen, der uns in sein ewiges
schreckliches Reich, denn das geschah mit uns vor
Dzamyn Uud in der Gobi, einführte. Wenn überhaupt etwas, erwarteten wir hier nicht mehr als die
überraschungsfreien Phrasen der Wüste und unser ge-
langweiltes Abwinken ob »ihrer Unendlichkeit«,
»ihres dürstenden Sandes«, »ihrer mondgleichen Verlassenheit«; statt dessen gerieten wir ganz unerwartet
in einen gespenstischen Raum der Zeitlosigkeit und
der Unsterblichkeit, in deren, um es geradeheraus zu
sagen, für Menschen unerträgliche Provinz – wenn
ein verblaßtes Wörtchen wie »unerträglich« über-

haupt noch etwas von dem auszudrücken vermag, wovor wir alle sehr erschraken und von dessen unmittelbarem Druck befreit zu sein uns jetzt bei Dzamyn Uud, als wir aus dem Fenster blickten, so wohl tat. Denn durch die Gobi zu reisen, denn die Wüste in russischen Waggons Richtung Beijing zu durchqueren, denn an einem Herbsttag mit der Durchschnittsgeschwindigkeit der russischen Züge sich aus dem Bogd-Gebirge bis zur mongolisch-chinesischen Grenze in die leblose Leere der Wüste Gobi zu wagen, das bedeutete, in sie einzugehen, es bedeutete, spurlos zu werden, sich für verschwunden zu erklären, sich vorübergehend aus dem irdischen Dasein zu verflüchtigen; unter solchen Umständen nämlich behauptete diese Wüste – eine mehrtausendjährige, paradiesische Metapher des märchenhaften Entkommens zerstörend –, daß die Ewigkeit zwar Wirklichkeit ist, für uns aber eine alptraumhaft abschreckende Wirklichkeit, daß die Ewigkeit zwar die Provinz der Götter ist, diese Götter aber starr, unnahbar, kalt und höllisch sind, daß die Ewigkeit nichts anderes ist als bis zum Wahnsinn erhitzte vollkommene und schicksalhafte Symmetrie, daß die Ewigkeit nichts anderes ist als die ideale, unzerrüttbare Perfektion der Wiederholung. Wir standen im Gang an den Fenstern und betrachteten das Blau, das Gelb und das Rot der riesigen Neonröhren, die kyrillischen, uigurischen und chinesischen Schriftzeichen des Stationsschildes an der Fassade des ohnehin schon recht sonderbaren

Bahnhofsgebäudes, aber bis wir uns darüber ins klare kommen konnten, was wir mit diesem Wissen nun anfangen und welchen Preis wir für dieses Eingeweihtsein zahlen sollten und wie wir hiernach überhaupt zu unseren eigenen, ursprünglichen Maßstäben zurückfinden könnten, hatten wir auch schon zu ihnen zurückgefunden, hatte die Erleichterung über die Ankunft aus unseren außergewöhnlichen Erfahrungen schon die bedrückenden Schattierungen herausgelöst, und während in wachsendem Maß Dzamyn Uud unsere Aufmerksamkeit fesselte, blieb von diesen außergewöhnlichen Erfahrungen allmählich nicht mehr übrig als eine sich selbst induzierende, uns am Rückgrat kitzelnde, wohlige Erregung, wenn also die bisher ziemlich romantische Geschichte der Annäherung an das chinesische Reich mit einer solchen Einführung versehen sei, dann würden wir in unseren Erwartungen bestimmt nicht enttäuscht werden, dann werde China mit seinen noch nicht erahnten Schattierungen tatsächlich ein Reich des Vergessens und etwas Großartiges der Lohn dafür sein, daß wir unter irdischen und himmlischen Strapazen diese große Reise unternahmen.

So unglaublich es klingen mag, mit den umsichtigsten Formulierungen kann ich nicht länger verschleiern, daß dies geschah: Einige Minuten nach unserer Ankunft in Dzamyn Uud war das Ganze tatsächlich schon vergessen, und wenn ich nach Erklärungen für dieses plötzliche Vergessen suche, dann finde ich nur die dreiste, daß wir in der uns angebotenen ernüchternden Wahrheit, die einem wirklich und wahrhaftig alle Lust an der Unsterblichkeit nahm, von Anfang an nichts anderes gesehen hatten als ein nicht auf uns zugeschnittenes, richtiger, ein nicht für uns aufgestelltes Hindernis, das überwunden und unverzüglich vergessen werden will, denn einerseits gehörten wir zu denen (und hier, ich gebe es zu, senke ich kräftig die Stimme, wie es bei ernsthaften Äußerungen üblich ist), die trotz ihrer beträchtlichen Todesfurcht aus heimlicher Liebe zum Leben längst nicht mehr an die Unsterblichkeit denken, andererseits benötigten wir vor allem die Ungeteiltheit unserer Aufmerksamkeit und durch sie den unanzweifelbaren Beweis für die Tatsache, die wir beim Betrachten des überaus merkwürdigen Bahnhofsgebäudes freilich alle schon ahnten: daß es gelungen war; wir sind angekommen, wir stehen vor dem Tor zu China.

In dem Haus, wo ich dies alles niederschreibe, herrscht seit Stunden Stille, es ist Nacht, ein Viertel nach zwei Uhr, meine kleinen Töchter schlafen, aufgedeckt, mit offenen Mündern, und in der tiefen Stille wetteifert mit dem Summen der Heizungsrohre lediglich mein ganz leis gestelltes Radio neben dem Tisch, das, wie ein nicht zum Schweigen zu bringendes Heimchen, Nachrichten von einer krankhaften Begeisterung zirpt... in dieser Minute eben über erstaunliche Zerstörungen durch Superbombenflugzeuge im begonnenen Krieg. Ich fürchte mich vor den Superbombern, ich muß sagen, nur vor denen fürchte ich mich richtig, deshalb zwinge ich mich, diesem unaufhörlichen Zirpen zuzuhören und doch nicht hinzuhören, denn natürlich wage ich es nicht, das Radio auszuschalten; das hat, abgesehen davon, daß ich höre und doch nicht hinhöre, die Folge, daß ich, nachdem ich nun meinen Bericht unterbrochen habe, die damalige Süße der Erregung, das anregende Aroma der Befangenheit und Erwartung, die komische Feierlichkeit unserer ganzen Situation auf dem Bahnhof von Dzamyn Uud, von der wir lediglich klar begriffen, daß irgendwo hier unsere Wägung und unser Einlaß beginnen würde, zwar zur Sprache bringen, aber nicht mehr in mir zum Leben erwecken kann – über allem sonst, besonders über der Art und den Bedingungen dieser Wägung und dieses Einlasses lag völlige Dunkelheit.

Daß wir uns im wesentlichen am richtigen Ort befanden, bezweifelten wir nicht, da aber nach unserer Ankunft wortwörtlich nichts geschah, hätten wir gerne geklärt, wo er sich denn nun im wesentlichen genau befand. Auf unseren Karten lag Dzamyn Uud, sofern man es der Einzeichnung überhaupt für würdig befunden hatte, in umittelbarer Nähe der dünnen roten Linie, die die mongolisch-chinesische Grenze markierte, was uns jedoch, je nachdem, wieviel wir von den Karten hielten, zu zwei diametral entgegengesetzten Ergebnissen führen konnte. Verließen wir uns auf die Zeichen und schlossen wir Druckfehler aus, dann konnten wir noch mit vierzig bis fünfzig Kilometern rechnen, nahmen wir sie hingegen zur Kenntnis, glaubten aber nicht den auf rätselhafte Weise unzuverlässigen Karten, sondern unseren Augen, dann hatten wir Grund zu denken, von vierzig bis fünfzig Kilometern könne nicht die Rede sein, Dzamyn Uud selbst sei die Grenze. Die Bahnstation nämlich, mit der sich der die ganze Zeit über im Dunkeln unsichtbare Ort weitestgehend als identisch erwies, erinnerte nicht im geringsten an die im Bogd-Gebirge und danach in der wüstenähnlichen Einöde der Gobi als Haltepunkte dienenden, spärlichen und beklemmend erbärmlichen Hütten. An einem Bahnhofsgebäude gemessen war sie ein Palast, an einem Palast gemessen eine Festung, nach mongolischem Geschmack mußte sie chinesisch, nach chinesischem Geschmack mongolisch wirken. Ihre Fassade, von der wir seit geraumer Zeit den Blick nicht mehr wenden konnten und die ich in meinem Bericht schon mehrmals erwähnte, sie sonderbar und überaus merkwürdig nennend, zeugte von einem Bewohner, der halb noch Kind, halb schon Bösewicht sein mußte, denn wir konnten uns vielerlei vorstellen, aber nicht, daß in den für Riesen bemessenen Mauern statt einer bei aller Degeneriertheit verführerischen einsamen Mißgeburt irgendwelche Eisenbahner hausten, um im wahnwitzigen Chaos der hier zweimal wöchentlich sich jagenden Züge mit Stempeln und Kellen fuchtelnd Ordnung zu schaffen. Zur Linken ragte – nicht allzu scherzhaft sage ich gleich: besser nicht ergründen, warum – ein annähernd zwanzig Meter hoher Turm auf, den eine von massiven Säulen gebildete Ba-

30

stion unter einem kuppelförmigen Dach abschloß, und anfangs rätselten wir, ob sich im Schatten hinter den Schießscharten einige stumme Bewaffnete duckten oder der nicht bestimmbare Bewohner selbst verbarg, aber das Rätseln ließen wir rasch sein, denn in dem Licht, das von den riesigen Neonröhren dorthin sickerte, zeigte sich, daß wir uns geirrt hatten, diese Bastion hatte nicht den geringsten Sinn, und wenn doch, dann hatte der einstige Maurer ihn samt den in die Höhe führenden Stiegen vor unseren Blicken erbarmungslos eingemauert. Ob es sich nun so verhielt oder anders, diese Ziellosigkeit oder dieser für immer verborgene Sinn des Turmes blieb nicht auf sich selbst beschränkt, denn als wir nach aufmerksamer Prüfung den Säulen der Bastion das Prädikat »massiv« entzogen, bemerkten wir gleichzeitig, genauer, in engem Zusammenhang damit, daß sich dieser . . . nennen wir ihn zusammenfassend so: ziellose Sinn des Turmes gleichsam auf das sich zur Rechten anschließende Hauptgebäude übertrug. Breit und dick waren die Säulen schon, auch hoch, so wie die je vier noch beeindruckenderen am Hauptportal, aber massiv waren sie, wie wir erkannten, nicht zu nennen, im Gegenteil, man hatte den unbestimmten Eindruck, mit ihrem Gewicht sei irgend etwas nicht in Ordnung, und dieser Eindruck verstärkte sich noch, wenn der Blick über das Hauptgebäude glitt. Unser Waggon war genau unter dem dreisprachigen Dzamyn-Uud-Schild zum Stehen gekommen, so konnten wir das ganze Gebäude aus der denkbar günstigsten Position, von der verlängerten Geraden der Achse und frontal, sehen, und genau diese Perspektive war nötig, damit unser vom Turm zur Hauptfassade schweifender Blick die Tatsache, die er soeben als verwirrende Inkongruenz zwischen der Größe und dem Gewicht der Säulen bemerkt hatte, nun an dem Bauwerk insgesamt entdecken konnte. Denn das geschah: Wir betrachteten die Bahnstation Dzamyn Uud, und nach der bloßen Feststellung bestürzender Irrationalitäten sowie übertriebener Maße und Proportionen faßten wir das Resultat unseres ausdauernden Gaffens erst einmal darin zusammen, daß in dem, was wir sahen, eine tiefgründige Unwahrscheinlichkeit lag, um dann im klassischen Tempo der Erkenntnisse auf die verblüffende Erklärung für diese tiefgründige Unwahrscheinlichkeit zu kommen: daß nämlich diese Märchenfestung, dieser ein wenig furchterregende Koloß, dieses beispiellose Monstrum kein Gewicht besaß.

Die Waggontüren waren verschlossen, deshalb konnten wir natürlich nicht herausfinden, ob diese gewaltigen Wände oder Mauern aus Preßpappe oder aus irgendeinem Schaumstoff verfertigt waren: immerhin waren wir uns alle darüber einig, daß dieser nach den Gobi-Erfahrungen aus dichtester Finsternis zu unserer größten Erleichterung aufgetauchte Bahnhof kaum anders denn als Gaukelei zu bezeichnen war. Argwöhnisch, denn wir wurden ja hinters Licht geführt, aber auch verblüfft und durchaus nicht enttäuscht, musterten wir aus den Zugfenstern dieses bizarre Etwas, das einem Wanderzirkus ähnelte, und wenn wir auch dem wirren Kopf, der diese umsetzbare oder zusammensetzbare und auseinandernehmbare Bahnstation erfunden hatte, eine gewisse Anerkennung nicht versagten, verweilten wir nicht allzu lange bei ihm, hätten wir doch die im Zusammenhang mit ihm uns am ehesten interessierende Frage, warum denn bloß etwas, das auch real hätte gebaut werden können, als Dekoration gebaut werden mußte, doch nicht lösen können. Und zudem gab es etwas, das uns wegen der Starrheit unserer Position noch mehr beschäftigte, etwas, das anfangs, gewissermaßen als Begleitumstand, nur die Spannung des Wartens gesteigert hatte, jetzt aber zunehmend zu einem ausschlaggebenden Teil der uns berührenden und auf uns wartenden Ereignisse zu werden schien: Wenn schon – um eine vielleicht verzeihliche Metapher zu gebrauchen – Zuschauer gekommen sind und diese mit Neonröhrenpoesie beleuchtete Bühne anscheinend vorbereitet ist, wo bleiben dann die Schauspieler, warum wird dann nicht endlich gespielt?

Seit unserer Ankunft in Dzamyn Uud hatten wir nämlich keine Menschenseele wahrgenommen.

Niemand stieg aus, auch kein Schaffner, und von Einsteigenden war keine Spur auf dem menschenleeren Bahnsteig zu erkennen, über den der Wind fegte. Seit wir standen, hatte sich kein Eisenbahner, kein Soldat gezeigt, unser Zug hatte keinen einzigen Ortsansässigen angelockt, der trotz der nächtlichen Stunde wegen des in dieser Gegend seltenen Anblicks ferner Reisender entgegen den möglichen Verboten aus dem hinter dem Bahnhof in absoluter Finsternis daliegenden und höchstwahrscheinlich gar nicht existierenden Dzamyn Uud herbeigehuscht wäre. Keine Tür öffnete sich, kein Licht war in den Fenstern, und selbst aus dem Gang unseres Waggons heraus konnten wir eindeutig feststellen, daß bei allem Lokomotivgemurr und Windgeheul draußen nicht, wie zu erwarten gewesen wäre, behördlich eingesetzte Menschen lärmten, sondern eine überraschende Ruhe herrschte, eine Stille der Verlassenheit, bei der einem im seltensten Fall in den Sinn kommt, sie könne enden, etwas könne sie durchbrechen.

Im Gegensatz zur albernen Verspieltheit von Dzamyn Uud und des Gedankens an Dzamyn Uud wirkte unsere Situation also verblüffend endgültig, doch keineswegs aussichtslos, konnte doch niemand wissen, ob diese Endgültigkeit nicht im nächsten Augenblick mit dramatischer Heftigkeit von einer – in unserem Fall natürlich sehnlichst erwarteten – Wendung abgebrochen werden würde. Und das gab für lange Zeit allem seine Prägung; woran man am Fenster auch dachte, es war wenigstens im gleichen Maß denkbar wie undenkbar, während die Dinge um uns herum, so empfanden wir es, anfingen, sich zu vereinfachen, während der gedachte Prozeß unserer Einlassung oder Abweisung, wie unser Zug in Dzamyn Uud, haltmachte bei der bloßen Ankündigung unserer Absicht, bei der Bekundung des Willens zum Übertritt in das große Reich – für den sich, behutsam ausgedrückt, kein auffälliges Interesse zeigte. Obzwar auch das nicht mit Entschiedenheit behauptet werden konnte, wußten wir doch nicht, ob im Hintergrund der Verlassenheit nicht doch energisch daran gearbeitet wurde, ob der Bescheid auf unseren Antrag das erwünschte Ja oder das unerwünschte Nein sein sollte, und ebensowenig konnten wir zufriedenstellend entscheiden, ob unsere Anwesenheit hier überhaupt zur Kenntnis genommen wurde, doch konnten wir alle unsere Hoffnung mutig darauf setzen, daß diese Art der Durchfahrt angesichts des Zuges, der Schienen, der Richtung und der Bahnstation wohl nicht ganz beispiellos war. Stunden waren seit unserer Ankunft vergangen, kein Wunder, daß unsere Verunsicherung wuchs und wuchs, wir hatten keine Ahnung, warum mit uns nicht geschah, was irgendwie geschehen müßte, und wir hatten auch keine Ahnung, auf wen genau wir warteten. Mal dachten wir, die Mongolen, mal, die Vorposten der Chinesen verspäteten sich; so standen wir in diesem rätselhaften Niemandsland und betrachteten die bunten Lichter der drei Schriften an der Fassade.

Und hier, an dieser Stelle muß ich, wenn mich schon eine kurze Expertise über die B-52 aus dem zirpenden Radio für einige Minuten abgelenkt hat, etwas einflechten.

Der erhabene Gegenstand meiner Erzählung – das ergibt sich aus der Natur der Sache – zwang und zwingt zur selbstverständlichen Anwendung des gewähltesten Stils, die maßgebliche Atmosphäre meiner Beschreibung hätte also, wenn mich nicht dieser vernichtende Kurzvortrag des fortlaufenden Kriegsnachrichtenprogramms für eine kurze Zeit unterbrochen hätte, ausgeschlossen, daß ich auch die nebensächlichen, die vernachlässigbaren, die uninteressanten Aspekte unserer Reise, ihre sogenannte alltägliche oder, wie man zu sagen pflegt, menschliche Seite erwähne. Aber die ekstatische Hymne auf den berüchtigten Bomber, denn anders kann der Vortrag wegen seiner heftigen militärischen Leidenschaftlichkeit nicht genannt werden, hat mich halt unterbrochen, und so will ich diese von mir selbst, doch nicht durch Zwang geschaffene und den lebendigen Duktus meines Berichts schon zum zweitenmal störende Gelegenheit nutzen, dem bisher Gesagten hinzuzufügen, daß wir auf der langen Fahrt natürlich auch gegessen haben, ich zum Beispiel die ganze Gobi über, und natürlich haben wir auch hin und wieder geschlafen, wenn auch weniger, als es die durchaus gegebene Behaglichkeit der geheizten Kupees nahegelegt hätte, und schließlich möchte ich die Kleinigkeiten wenigstens benennen, die als kleine Nebensächlichkeiten zu erwähnen ich für außerordentlich wichtig halte: daß es im Zug beispielsweise Tee gab und daß es eine Schlafwagenschaffnerin gab, die von Abteil zu Abteil ging und ihn den Reisenden anbot (immer wieder und ziemlich grob, bis sie hinter Sainschand verschwand), dann gab es in jedem Abteil einen über der Tür festgeschraubten Lautsprecher und aus ihm in mongolischer, russischer und englischer Sprache denkwürdige Sätze über die ruhmreiche Geschichte der Revolution in der Mongolei, und es gab eine Bettordnung, die wir naturgemäß sofort umstießen, als wir in Ulaanbaatar einstiegen und unser Gepäck unterbrachten, es gab einen Halt in Sainschand, wir traten in den stürmischen Wind auf den sogenannten Bahnsteig hinaus, dem Fröste von minus vierzig bis fünfzig Grad solche Risse im Beton zugefügt hatten, daß die Füße hineinpaßten, und ich könnte fortfahren mit unzähligen, nicht hierher gehörenden Einzelheiten, zum Beispiel über unsere Nachbarn, zu denen ich einmal fast hinübergerufen hätte, sie sollten ihr verdammtes Tonbandgerät nicht so brüllen lassen, aber nein, ich weiß ja, so kann es nicht weitergehen, ich vermag sowieso nicht alle Einzelheiten von größerer Tragweite aufzuzählen, und wenn ich diese wenigen hier hineingezwängt habe, dann ist das wirklich, als ob ... ich weiß nicht recht, wie ich es sagen soll ... als ob ich Mist durchs Fenster ins Büro des Genossenschaftsvorsitzenden geschaufelt hätte, also lauter ungereimtes, ungeordnetes, unpassendes Zeug, Kauderwelsch, Durcheinander, jedenfalls ist mir nun leichter ums Herz, und mit dieser Erleichterung werde ich bestimmt zu dem verlorenen Faden zurückfinden, zu dem abwartenden, sinnierenden, nicht ängstlichen, sondern im Gegenteil geduldigen Gemütszustand, in dem wir zur Kenntnis nahmen, daß in dem rätselhaften Niemandsland die ersehnte Wende eintrat, denn urplötzlich kam alles rundum in Bewegung.

Ein jäher Ruck ging durch den Zug, und als wir das Gleichgewicht zurückgewonnen hatten und wieder aus dem Fenster blickten, war Dzamyn Uud schon verschwunden.

Wir ratterten über Weichen, wir schwammen gleichsam in der undurchdringlichen Finsternis, wir badeten uns gleichsam in der bloßen Tatsache, daß wir fuhren, und, so erlöst von dem langen Warten, vergaßen wir alles Bisherige schnellstens und konzentrierten uns nur noch auf eines: den für uns hochbedeutsamen und nahe scheinenden Augenblick, in dem wir die Grenze passieren würden. Gleich sind wir also in dem uralten Reich, dachten wir, und daran gemessen, wie trocken, langweilig und verdrießlich wir waren, klopfte unser Herz überraschend heftig, dem einzigen Reich, das sich als stärker erwiesen hat als der Untergang. Wir gleiten hinüber, dachten wir uns, blickten hinaus in die Finsternis, wo die Landschaft alles in sich zu schließen vermochte, was der Mensch unter Göttlichem versteht, und wo sie an jedem winzigen Punkt zeitliche, also moralische Tiefe hat. Wir fahren hinüber, sagten wir uns ergriffen, auf einen einzigartigen Kontinent der Geschichte, der sich vom abstoßenden Genie des Tschin Schi Huang-ti bis zu jenem sanften Berggipfel erstreckt, auf dem einst, leicht beschwipst, Li T'ai-po stand und in den Dunst des Tales hinabblickte. Noch eine Minute, dachten wir, und wir sind in China.

Doch da geschah etwas Unerwartetes. Die Lokomotive bremste schroff und blieb kreischend stehen, und nach einem Weilchen schob sie uns zurück. Eine Minute, und wir waren wieder auf dem Bahnhof von Dzamyn Uud.

Unnötig zu sagen, daß wir mit einer solchen Entwicklung der Ereignisse nicht im geringsten gerechnet hatten, die Enttäuschung an den Fenstern des Ganges war groß. Zornig musterten wir die Bahnhofsdekoration draußen, wir konnten uns einfach nicht vorstellen, was das alles zu bedeuten hatte. Aber der Grund interessierte auch niemanden mehr recht, wir empfanden diesen demonstrativen Mangel an Interesse für uns als kränkend und meinten, er sei nur gutzumachen, indem wir unverzüglich weiterführen. Aber mit dem Sturz aus der vorigen Begeisterung in diese Grube enttäuschender neuerlicher Verzögerung wurde noch etwas deutlich, etwas, das unsere Gemütsverfassung und dadurch den bedauerlichen Richtungsverlust unserer Aufmerksamkeit im folgenden entscheidend bestimmte: daß wir unsäglich müde waren.

Wir waren bereits drei volle Tage unterwegs. Von der mörderischen Relativität der einander Lügen strafenden Lokalzeiten bis hin zu den üblichen Unbequemlichkeiten von Asienreisen dieser Art hatte natürlich vielerlei die Widerstandskraft unseres Organismus auf die Probe gestellt, und ich muß sagen, unser Organismus hatte diese Prüfungen großartig bestanden. Unter der Enttäuschung jedoch, mit der wir die Rückkehr nach Dzamyn Uud aufnahmen, brach der bislang ausgezeichnet standhaltende Organismus zusammen, so daß er sich unter den Ereignissen, die von nun an in verhältnismäßig rascher Folge eintraten, kaum noch zu orientieren vermochte. Denn dieses Dzamyn Uud war nicht mehr das alte, und alles, was von da an auf eine nach der allgemeinen Unerschütterlichkeit der Dinge besonders augenfällige Weise geschah, bekam auf einmal Tempo. Ein immer schnelleres Tempo, dem wir nicht folgen konnten, weshalb wir vergebens weiter mit Ausdauer an den Fenstern standen; was draußen geschah, verschwamm uns bereits vor den Augen.

Zuallererst wurde die Tür des Hauptportals aufgestoßen, und mit taumeligen Schritten erschien eine nicht näher erkennbare Gestalt, die rücklings auf uns zu kam, bis sie plötzlich auf dem Betongrund des Bahnsteigs zusammensank. Bald danach kamen mit schwerfälligen Bewegungen zwei weitere herausgeschwankt, an deren Gesichter ich mich noch ein wenig erinnere, es waren Mongolen, und sie fielen über den ersten Mann her, der inzwischen aufzustehen versuchte. Ich entsinne mich eines Schlags von ungeheurer Stärke, der sein Gesicht erwischte und ihn zwar erschütterte, aber so, daß er unglaublicherweise nicht umfiel – und so sehr ich mich auch bemühe, mir fällt nicht mehr ein, wohin sie aus dem vom Neonlicht beleuchteten Fleck auf dem Bahnsteig verschwanden, lediglich, daß ihren Platz später ein mongolischer Offizier mit seinen Soldaten einnahm, die dann langsam um die acht Wagen ausschwärmten, vermutlich, um sie abzusichern.

Uns war bewußt, daß nun endlich und tatsächlich unsere geheimnisvolle Durchschleusung begann (wieder ruckelte der Zug ein Stückchen hin, ein Stückchen her), und wir wußten auch, daß es jetzt, wenn überhaupt irgendwann, an der Zeit wäre, freudig erregt und begeistert zu sein, aber dazu waren wir einfach nicht fähig, es war, als . . . als hätten wir das Gleichgewicht verloren, ein seltsames Schwindelgefühl machte uns zu schaffen, eine bleierne Müdigkeit lähmte unsere Glieder, und was sonst hätten wir in diesem Zustand machen können, wir verließen unsere Beobachtungsposten an den Fenstern, schlichen in die Abteile zurück und legten uns hilflos aufs Bett. Doch an Schlaf war nicht zu denken, wenngleich sich vorstellen läßt, zu welchen Wahrnehmungen wir mit dem vielleicht hinreichend verdeutlichten Rest unserer Wachsamkeit noch fähig waren. Sicher ist, daß der Zug eine geraume Zeit lang hin und her, vor und zurück geschubst wurde, und deutlich im Gedächtnis geblieben ist mir auch, daß das Rumpeln und Ruckeln und Geschiebe auf einmal zu Ende war; als hätte er Flügel bekommen, fuhr der Zug immer schneller, als schwämme er in Butter, raste er wie geölt China entgegen. Daran kann ich mich gut erinnern, nicht aber daran, wie wir auf einmal in die große Halle gelangt waren, und ich weiß auch nicht, wo die chinesischen Beamten einstiegen und wann die Grenzer, die Zöllner, die Eisenbahner und die Sicherheitsleute in wimmelnder Menge überraschungsartig unseren Waggon stürmten und okkupierten, wie ich auch nicht weiß, ob wir auf irgendeiner Station vor Erenhot anhielten oder ob die große Halle zugleich die Station Erenhot war; so scharf, als hätte nichts anderes Bedeutung, sah ich von meinem Bett durch die Tür, daß draußen große Helligkeit herrschte, daß wir uns in einer riesigen Halle befanden und daß in ihr eine Uhr, für mich, der ich dies alles im Liegen sah, meine Augen anstrengend und verschlafen blinzelnd, *die* Uhr, ganz genau die Mitternacht anzeigte.

Es liegt mir fern, irgend etwas zu übertreiben, aber nachdem in der Abteiltür ein eleganter, junger, gepflegter Mann, ein die Uniform der Grenzkontrollorgane tragender und offenbar inkognito auftretender Mandarin erschienen war und, ohne zu versäumen, mich »am nördlichen Tor Chinas« zu begrüßen, mit einem faszinierenden Lächeln und in angenehmem Englisch um meine Reisedokumente gebeten und diese mitgenommen hatte, nachdem ich mich nach einer kleinen Ruhepause aufgerafft hatte und mit meinen Gefährten auf den Gang zurückgekehrt war, kam mir, von da an nämlich, alles entschieden wie ein Traum vor: das mitternächtliche Leben dieser großen Halle, das Wogen der blauen und grünen und grauen Uniformen am Zug entlang, dann das auffällige Nachlassen dieses regen Treibens, als die Uniformen eine nach der anderen verschwanden und nur noch die Eisenbahner in unserer Nähe blieben.

Sie zerfielen übrigens in zwei größere Gruppen. Die der einen kamen vom Zugende, die der anderen von der Lokomotive her auf unseren in der Mitte befindlichen Wagen zu, wobei sie uns verborgen bleibende schattige Punkte des Fahrgestells mit Taschenlampen beleuchteten und mit langstieligen Hämmern beklopften. Mit vor Müdigkeit brennenden Augen, doch gleichzeitig in einem geradezu betäubten Zustand von Gelassenheit beobachteten wir sie wie freundliche Figuren einer lebendig gewordenen Märchengeschichte, wie sie mit sehr ernsten Gesichtern, hier und da mit den Lampen leuchtend, hier und da mit den Hämmern pochend, näher kamen. Wir hatten natürlich keine Ahnung, was sie dort unten am Fahrgestell machten, aber wir hatten ja auch ihre europäischen Kollegen nicht recht verstanden, außerdem waren wir vollauf von etwas gefesselt, das wir erst entdeckten, als sie nahe genug waren: daß nämlich diese Eisenbahner mit den großen Hämmern allesamt Frauen waren. Nur der Herrgott kann es mir verzeihen, aber ich muß gestehen, daß wir, da lehnten wir uns bereits aus den Fenstern, die gräßliche Unmenschlichkeit dieser Tatsache absolut nicht bemerkten, wir hatten nur Augen für die Anmut, für die Zartheit und Außergewöhnlichkeit der in dem Anblick enthaltenen Schönheit, wie diese reinäugigen, verstohlen gähnenden, kleinen, zerbrechlichen Frauen in dem riesigen Hangar mit der unbedingten Energie der Schutzlosigkeit dafür sorgten, daß am Fahrgestell alles in Ordnung sei.

Die beiden Gruppen trafen sich an unserem Waggon, und sogleich stoben sie auseinander, um einzeln an den Puffern Aufstellung zu nehmen, so daß wir die Kraft der Anmut und Schönheit nicht mehr in den Gruppen, sondern bei den beiden Frauen beobachteten und genossen, die an unserem Waggon blieben und, ohne den Blick von den ihnen anvertrauten Puffern zu wenden, an einer großen Maschine hantierten, die anderthalb- oder wer weiß wievielmal größer war als sie selbst. In unserem Zustand des Gleichgewichtsverlustes und der müden Benommenheit sahen wir überdeutlich, wie sie, mit ihren kleinen Händen an den Anlaßhebeln der Maschinen, konzentriert beobachteten, ob alles richtig ablief, doch nur sehr vage nahmen wir wahr, daß unverständlicherweise irgend etwas mit den Maßen der Halle, mit den bisherigen Proportionen geschah. Was das nun war, warum wir das Gefühl hatten, die Dinge um uns herum würden enger, und was die liebenswerten Frauen an den Puffern eigentlich machten, begriffen wir selbst in dieser traumartigen Verschwommenheit des Sehens in den wenigen scharfen Augenblicken, als wir endlich gewahr wurden, daß wir nicht wegen der Übermüdung etwas wie ein Schweben unter unseren Füßen empfanden, sondern deswegen, weil wir wirklich schwebten.

Die beiden Frauen, die kleinen Hände am Anlaßschalter, dirigierten eine Hebevorrichtung von ungeheurer Kraft, die in der langsam zu Ende gehenden Nacht die Aufgabe hatte, uns mit größter Sicherheit anzuheben sowie mittels eines speziellen Gleitkrans von unten her das gesamte Fahrgestell unter uns wegzuziehen und durch ein anderes zu ersetzen, weil die bisherigen Räder fortan nicht mehr geeignet sein würden.

Bis wir hinter das alles kamen, schwebten wir schon in der Luft und versuchten, zwischen Gang- und Kupeefenster hin und her eilend, unserer Verblüffung irgendwie Herr zu werden, denn unsere Müdigkeit hatten wir bei diesem alle Erwartungen übertreffenden Einlaßzeremoniell bereits überwunden. Zwar fanden wir unschwer eine praktische Erklärung: »ein russischer Zug, das Bahnnetz hat eine andere Spurweite, ach ja, na gewiß«, doch tat sie unserer Verblüffung keinen Abbruch; unsere Überzeugung nämlich, in alledem sei eine Art rituelles Füßeabstreichen zu sehen, war unverrückbar. Vielleicht, dachten wir, findet jetzt, während wir in unserem hochgehobenen Wagen stehen und in die Tiefe schauen, auch die Wägung statt. Und vielleicht findet jetzt auch der Einlaß statt, dachten wir, und er hängt davon ab, ob wir begreifen, und tatsächlich nicht nur von dem russischen Zug und der anderen Spurweite, dem Ach ja und Na gewiß... Wir versuchten, den beiden kleinen Frauen zuzuwinken, wir wollten irgendwie hinabwinken – aber da es an diesem Punkt meiner Erzählung hell zu werden beginnt, nicht nur in Erenhot, auch jetzt und hier, wo ich dies alles aufschreibe, muß ich meine kleinen Töchter wecken, ja, und ich muß ihnen schonungsvoll mitteilen, daß von heute an alles anders sein wird, weil der Krieg ausgebrochen ist, nun, in dieser seltsamen Kongruenz eines doppelten Tagesanbruchs, einmal in der Zeit meines Berichts, süß und lieblich, einmal jetzt, im Präsens imperfectum, auf bittere Weise, mir scheint, es ist am richtigsten, wenn ich Schluß mache und mich von dieser Geschichte mit dem Bild verabschiede, wie wir da oben stehen und hinabzuwinken versuchen, irgendwie.

III

DIE DUNKLEN WÄLDER In den Hauptbahnhof von Beijing einrollen, stolpernd aus dem schmutzigen Eisenbahnwagen steigen, in der unübersehbaren Menge den Mann finden, der mich abholen soll, in seiner Obhut zum neuen Botschaftsviertel fahren, dort ein freies und deshalb zu mietendes Apartment in Beschlag nehmen, in den geräumigen Zimmern sich einrichten, den Staub der Wüste Gobi abwaschen, schließlich auf den Balkon treten, mit geschlossenen Augen tief ein wenig von der abendlichen Luft des Beijinger Herbstes einatmen, dann zum Himmel blicken und denken, so, jetzt hat meine Geschichte begonnen: abweichend von der im allgemeinen verschmitzten Materialbehandlung in Reisebeschreibungen kann ich dies mit allem Grund behaupten. Diese strenge Bestandsaufnahme meiner Ankunft entspricht nämlich der Wirklichkeit, und nicht nur die Bestandsaufnahme, auch die aufgelistete Reihenfolge der Ereignisse, was bedeutet, daß ich nunmehr ein Schriftwerk zur Lektüre anbiete, in welchem, wenn zum Beispiel das Einrollen vor dem Aussteigen steht, man Gift darauf nehmen kann, daß das Einrollen auch in Wirklichkeit eher vor sich ging als das Aussteigen, kurz, vom Hauptbahnhof bis zu den geräumigen Zimmern, von der unübersehbaren Menge bis zur Körperreini-

gung spielte sich im fiebrigen Durcheinander der ersten
Stunden alles ab, wie oben beschrieben, allerdings mit
dem einen, für mich freilich entscheidenden Unterschied, daß ich, auf dem Balkon stehend, beim Hinauf-
blicken zu den abendlichen Sternen am Himmel über
Beijing keineswegs dachte, so, jetzt hat meine Geschichte begonnen, weil ganz einfach das Gegenteil zu-
traf, nämlich, daß sie nicht begann: was nützte es, daß
die Ankunft nach allen Regeln stattgefunden hatte, was
nützte es, daß ich gebadet, bereit und mit der Absicht
auf dem Balkon stand, gleich den Blick vom Himmel
und von den Sternen zu wenden und mich mit einer
feierlichen Aufforderung an die Seele aus der Höhe umzuschauen, womit meine Beijinger Geschichte hätte
beginnen können; es nützte nichts, diese Geschichte begann nicht, weil ich außerstande war, den Blick vom
Himmel und von den Sternen zu wenden. Ich kann
nicht sagen, daß ich die Bedeutung des Augenblicks
erst später, nach aufkommenden Ahnungen und irgendwie Stufe für Stufe erkannt hätte, nicht die Spur,
ich stand auf dem Balkon im weich streichelnden
Wind, sah, wie die Sterne über Beijing strahlten, und
erkannte gewissermaßen auf der Stelle die Bedeutung
dieses Augenblicks; wenn man – einmal angenommen!
– in der Küche sitzt, erkennt man ja auch nicht Stufe für
Stufe, daß einem plötzlich die Decke auf den Kopf
stürzt, sondern auf der Stelle, also in dem Moment, wo
einem die Decke auf den Kopf stürzt, so daß man es
gleich weiß und sich sagt, nanu, mir ist ja die Decke

auf den Kopf gefallen. So ging es mir, ich begriff sofort, nanu, anscheinend mußte ich bis zum Herzen Chinas rennen, um zu verstehen, welches die (nennen wir sie unerwartet so:) sehrtiefen Fragen sind, die mir vorauseilen, und umgekehrt, nanu, anscheinend hätte ich nicht bis zum Herzen Chinas rennen dürfen, hinein in die Zufluchtslosigkeit, wo sich dann endgültig nichts findet, was einen schützen kann, wo man sich eingestehen muß, daß das eigene Leben eine danteske Wende erreicht hat – denn das geschah: ich betrachtete den dunkel strahlenden Himmel über Beijing, stellte diese danteske Wende fest, erschrak ob der beschämenden Schlichtheit ihres Inhalts vor dem gleichsam opernhaften Timing der Wende und nahm schließlich hilflos und für mein nach Helligkeit lechzendes Wesen den völligen Konkurs anmeldend hin, daß mir diese sogenannten sehrtiefen Fragen urplötzlich polternd und donnernd auf den Kopf stürzten. Wenn ich nicht als Tourist gekommen war und auch nicht, um, des heimischen Geschmacks überdrüssig und China als feines Bonbongeschäft religiöser Besessenheiten betrachtend, mich für die restlichen Tage in der Heimat nach etwas Lutschbarem umzuschauen, wenn also weder aus jenem noch aus diesem Grund, warum dann, das wurde nie entschieden; entschieden war jedoch, daß es hinter meinen, die nachsichtige Absolution in immer unerreichbareren Fernen ahnenden Nachforschungen und meinen Fragen zur Welt in ihrer Verkettung eine einzige Gewißheit unbedingt gab: daß man Fragen stellen kann, und deshalb wirkte jetzt, gleich, im engsten Wortsinn: zu Beginn von alledem, die blendende Reinheit dieser sehrtiefen Fragen geradezu vernichtend auf mich, eine Reinheit, die – indem sie mein außerordentlich kompliziert gedachtes Wesen zu einem kleinen Punkt vereinfachte – über diesen Fragen Helligkeit entzündete und so alle meine bisherigen, aus der Dunkelheit und gelegentlich unmittelbar aus der Finsternis gespeisten Fragen beseitigte, behauptend, Fragen in freier Auffassung gebe es nicht: zum einen bestehe in der Welt keine Chance für Fraglichkeit, denn dort sei nur das aufglühende und erlöschende Wogen gleichrangiger Offenbarungen zu beobachten, und zum anderen und aus uns näherer Sicht gehe die Frage der Antwort voraus wie der Anfang der Fortsetzung, so daß etwas zu fragen und etwas anzufangen ein und dasselbe sei, eine Frage zu stellen bedeute also mit dem Antworten zu beginnen, und was ist das schon für eine Frage, die von der Antwort vorgeschrieben wird; also zu fragen, also sich kundig zu machen, also stetiges Interesse bezeugend die Grundlage für dieses Interesse aufzuheben, indem man den unbenennbaren Gegenstand dieses Interesses sozusagen in dem Einschluß Frage – Antwort ertränkt und nach einem gelungenen Fragen und Antworten obendrein noch aufatmet, als sei alles in Ordnung, also das zu machen ist die am ehesten verdiente Gefangenschaft, die wir im Namen der Freiheit wählen können, wohingegen schon das bloße

Erkennen des Zustands vor der Fragestellung eine sehrtiefe Frage ist. Und damit sind wir auch schon angelangt bei einem nicht länger aufschiebbaren Bekenntnis: daß nämlich auf die sogenannten und bereits öfter erwähnten sehrtiefen Fragen keinerlei Definition paßte, schon dort auf dem Balkon nicht. Schon dort, auf dem Balkon stehend, außerstande, mich vom Fleck zu rühren, war mir klar, daß ich mich vergebens von ihnen hinweggefegt fühlte; ich kann und werde auch nicht benennen, was diese sehrtiefen Fragen also genau sind, denn wenn nach peinlich langem Grübeln durchaus eine lyrische Lösung beispielsweise hinsichtlich ihrer Natur und Geschwindigkeit oder ihres Aufbaus und Ertrags anwendbar gewesen wäre, und zwar, daß ihre Natur am ehesten den formlosen Ängsten und ihre Geschwindigkeit der inneren Langsamkeit einer reglosen Landschaft ähnelt, ihr Aufbau »dem von wogendem Nebel im Tal« gleicht und ihr Ertrag »Hunger nach dem Kater, der auf ein gewichtiges Trugbild folgt«, derlei Dinge also, die zwar nirgendwohin führen, aber doch schön sind, dann hätte man wenigstens einen wesentlichen Aspekt dieser sehrtiefen Fragen zu definieren wagen können, beispielsweise ihre Richtung, was jedoch ebenso unmöglich war wie – und wiederum: beispielshalber – von einem untertauchenden und in der Tiefe flüchtenden riesenhaften Hai zu sagen, nanu, wo ist er denn geblieben, während man am Ufer sitzt, angespannt die schwankende Masse des Ozeans beobachtend. Es war also unmöglich, eine entscheidende, unanfechtbare, orientierende Bemerkung über sie zu machen; darüber hinaus ließ ihr unbenannter, in Worte nicht gefaßter, in Sprache nicht verkeilter Inhalt ahnen, wie wurzelhaft und wie feindselig sie sich dagegen sperren, benannt, in Worte gefaßt, in Sprache verkeilt zu werden, und sei es nur in einem verschwommenen Plan. Über diese verzehrende Wirkung hinaus also konnte ich tatsächlich nichts sagen über ihr Wesen, doch über ihr Wesen nichts zu sagen und sich zugleich über es absolut im klaren zu sein, das paßte in meinem Inneren auf das beste zusammen an jenem ersten Abend unter dem Himmel von Beijing, als ich in der Kühle des Balkons die Sterne des Herzens von China betrachtete, und ich verließ den Balkon mit den Sternen so, daß ich, dieses Wesen der sehrtiefen Fragen nachvollzogen habend, mit ihrer Hilfe in meinem Inneren ordnete, was ich von dem dramatisch temporisierten außergewöhnlichen Empfang bereits hatte enträtseln können.

Es geht nicht darum, daß ich diese Welt bislang mit großem Wohlwollen verschwommen genannt habe, verschwommen hätte ich mit großem Wohlwollen mich selbst nennen müssen, es geht darum, den Kern der Fehlurteile meiner zum Scheitern verurteilten heroischen Forschungen zusammenfassend zu korrigieren und klarzustellen, ich stehe nicht dem Unbekannten, sondern dem Unverständlichen gegenüber – dies sagte ich mir ohne jede Einleitung, mich der Worte eines großen Gelehrten erinnernd und auf diese beiden Schlüsselbegriffe seiner jungenhaft schwärmerischen doppelten Buchführung stützend, auf diese Weise herfallend über die Gesellschaft, in die ich plötzlich geraten war, als ich vom Balkon aus zum Himmel blickte. Statt des Unbekannten also das Unverständliche; ich schmeckte die Wörter, und mit diesem Schmecken der Wörter kostete ich schon von der Verzweiflung, die hinter den beiden Wörtern klafft, war es doch... als wäre ich in ein anderes Zeitalter eingetreten, indem ich arglos auf den Balkon gegangen war, um mir die Sterne anzusehen, in ein anderes Zeitalter, wo das alte, wo die Besessenheit der unerschöpflichen Fragestellungen, wo die Pathetik der ergebnislosen Attacken, hinter deren jeder die Anziehung des erforschten, aber meinen Händen unablässig entgleitenden und deshalb unfaßbaren Gegenstands als Entschädigung vorhanden war, eine gerade wegen seiner Unfaßbarkeit schwindelerregend süße, unerhörte Anziehung – wo also dieses alte Zeitalter von dem bitter-neuen abgelöst wird, in dem für meine forschende geistige Erwartung das Urteil schon vorher feststeht: als Forschender des Ziels verlustig, da der Gegenstand zerfallen, als geistige Erwartung, da nichts ist, auf etwas zu harren: vergeblich. Ich ging durch den Innenhof zum Haupttor, und in dieser Formulierung lag etwas, vielleicht der fulminante Wortgebrauch oder die leicht bedrückende Übertriebenheit des Urteils, das zwar kein gänzliches Innehalten verlangte, wohl aber, daß ich die

Schritte wenigstens verlangsamte und mich nicht einfach abfand mit dem vielleicht Fulminanten, vielleicht Übertriebenen an den beim ersten Anlauf gefundenen Ausdrücken; deshalb verlangsamte ich also die Schritte, blieb sogar gleichsam – eine zurückgenommene Bewegung vor dem völligen Innehalten – stehen auf dem sanft gewundenen Weg durch den Innenhof zwischen den Botschaftsapartments, gewissermaßen als Zeichen dafür, daß ich nun einer ganz besonderen Konzentration bedurfte und das, was in dem auf dem Balkon Erkannten meinem Schicksal eine neue Richtung bot, ernst nahm, jedoch das Erkannte sofort von den schweißtreibenden Verzierungen der großen Allgemeinheiten der im übrigen verständlichen Erregung befreien wollte, um ihm ins Auge schauen zu können. Gleichsam innehaltend auf dem Innenhof sagte ich mir: ich bin gewillt, mich zu ernüchtern und nicht länger zu mutmaßen, mein im Dasein bezeugtes Lechzen, das ich zusammen mit anderen und ähnlich wie sie mit schamhafter Zurückhaltung als Forschung bezeichnete, habe eine Richtung, und diese Richtung habe eine ahnungsvolle Achse, und diese Achse habe einen Schwerpunkt, und über diesem Schwerpunkt schließlich schwebe ein Engel, dessen Autorität diesen Schwerpunkt zart an seinem Ort halte, so daß er sich dieser Autorität wegen nie verlagern könne; wie ich auch gewillt bin, mir aus dem Kopf zu schlagen, dieser schwächlichen Annahme nach müsse ich mich, mit dem Schwung meines Lechzens, dieser Autorität annähern, sie durchleuchten, sie dann mit einer tausend-

und aber tausendmal wiederholten Bewegung, so, wie wenn man mit nur einem Eimer das Meer leerschöpfen möchte, herüberheben aus dem Unbekannten . . . in eine uns vertraute Provinz . . . über unseren eigenen Schwerpunkt. Ich sagte mir: ich bin bereit, aufzuwachen aus diesem und aus ähnlichen, zahllosen, kindlichen, unernsten, albernen Träumen, bereit, endlich darauf zu verzichten, statt mich anfletschender Tatsachenungeheuer nun von meiner Phantasie erschaffene Figuren zu zähmen, bereit, mich der Freude zu berauben, die immer wieder in mir aufwallt, wenn ich an das Unbekannte der in meiner Vorstellung überaus abenteuerlichen irdischen Landstriche denke. Ich werde es ertragen, sagte ich mir, daß ich das, was ich suche, nicht deshalb nicht finden werde, weil es es nicht gibt, sondern weil ich blind bin, es bis zum Ende aller Zeiten zu finden; ich akzeptiere, und ich beschleunigte meine Schritte ein wenig, daß die Aufgaben einfacher, die Motive undurchleuchtbarer und die angenommenen Geheimnisse in uns uninteressanter sind, als wir ahnen; vornehmlich aber finde ich mich damit ab, daß ich mich verbeugen muß vor der jetzt knapp erblickten Ordnung der Welt, vor der vom Balkon aus erblickten unerbittlichen Ordnung, die genau an diesem heutigen Tag, am Abend meiner Ankunft in Beijing, die Zeit gekommen sah, mir zu verstehen zu geben, daß ich sie nie verstehen werde, und wenn ich mich nicht damit zufrieden gebe, daß ich mich weise mit dem Grübeln über ihre unnahbare, zaubergleiche Struktur begnügen muß, dann wird meine Ausgeschlossenheit endgültig besiegelt sein und werde ich nicht nur zu dieser von ihrem Sinn unbezwingbaren Distanz, sondern auch zu unaufhebbarer Dummheit verurteilt sein.

Denn darum geht es hier, um die Ausgeschlossenheit, gestand ich mir ein; und so unglaublich es klingen mag, als Gefangener meiner jährlich höchstens einmal zugegebenen üblen Angewohnheit, erst in Flammen aufzugehen und hernach zu schauen, was eigentlich brennt, war ich erst jetzt hierzu fähig, fand ich tatsächlich erst an diesem Punkt der Ereignisse meine Fassung – nach der sehrpeniblen Skizzierung der vielleicht noch erinnerlichen sehrtiefen Fragen und nach der erwähnten donnernden Offenbarung des Unverständlichen –, als ich, mich der zum Schutz der Botschaftsapartments abgestellten Torwache nähernd, nicht länger umhin konnte, mich der Frage zu stellen, was denn nun eigentlich mit mir geschehen war, als ich, des Staubes der Gobi entledigt, hinaustrat – auf daß meine Beijinger Geschichte beginne; wie ich schon etliche Male mit Nachdruck erwähnte, begann sie ja nicht – in die entscheidende Luft des Balkons.

Ich sah schon rechts der Haustür den zwischen feierlich strammer Haltung und launischer Lockerung der Beinmuskeln schwankenden chinesischen Wachtposten mit dem über seine Schulter lugenden Gewehrlauf, und zugleich vermochte ich mich selbst zu sehen, kurz zuvor und dort oben; ich stellte fest, daß alles damit begonnen hatte, daß ich einen Blick durch die Scheibe der zum Balkon führenden Tür warf, wobei mir aus irgendeinem Grund (vielleicht wegen des sanft sich wiegenden Laubs der Platanen in dem riesigen Hof) einfiel, welch erfrischend reine und wohltuende Kühle im Gegensatz zu der lange verschlossenen und ungelüfteten Wohnung da draußen herrschen mochte, ich öffnete daraufhin die Tür, ging, noch das Handtuch um den Hals, hinaus und nach einigem Zögern bis zur Brüstung und stützte mich auf sie mit gestreckten Armen und Handflächen, nicht vor-, eher ein wenig zurückgeneigt, ich schloß die Augen, atmete tief etwas von der Kühle ein und blickte dann tatsächlich hinauf zu dem mit Sternen übersäten abendlichen Himmelszelt über Beijing, und im selben Augenblick wurde ich gewahr, daß ich zum ersten Mal seit Jahren hinauf zum Himmel blickte, daß ich seit Jahren jetzt zum ersten Mal überhaupt aufblickte. Vermutlich gab es außer mir noch einige Millionen Chinesen, denen der Anblick an jenem Abend in die Augen flimmerte (einige Millionen chinesische Augenpaare mit winzigen glitzernden Lichttropfen am konvexen Spiegel der Pupille, von oben gesehen lauter irdische Sterne auch sie, unten, rundum, aber lassen wir das), denn mit seinem goldfarbenen Hauch auf ins Dunkel gewendetem geheimnisvollem blauem Samt strahlte der Himmel in der geradezu übermäßigen Pracht einer außergewöhnlichen Schönheit. Es mag also sein, daß nicht ich allein es war, der dies alles betrachtete und bewunderte, gewiß aber war da niemand, der beim Hinsehen das erkannt hatte, was ich sah, denn wenn ich es auch ansah und es mich zu sich zog, wenn ich es auch bewunderte und ich zu ihm hinflog, so wurde ich doch plötzlich gewahr, daß mich eine unsägliche Entfernung von ihm trennte, und diese Entfernung war wie in Eis gefroren oder wie ein kristallener Weg; aber wohin dieser Weg führt, davon bin ich abgeschnitten, davon bin ich ausgeschlossen, das ist mir entzogen, vielleicht ein für allemal – dessen wurde ich binnen eines Augenblicks gewahr, als ich, noch das Handtuch um den Hals und auf die Brüstung gestützt, nach einem tiefen Atemzug zum Himmel blickte. Ich benötigte nicht lange, das zu verstehen, es brannte sich mir ein mit unermeßlicher Geschwindigkeit, und ich wußte genau, welch schleunige, welch grundlegende Wende in meinem Leben es bedeutete; eine Wende, aber nicht so, daß ich durch sie hineingehoben wurde in die großen Dinge, sondern so, daß ich für alle Zeiten vertrieben wurde von dort, eine Wende also, die nicht an Enttäuschungen erinnert, indem sie die Bitternis des Um-den-Gewinn-Gebrachtseins vermittelt, sondern die den Menschen in einer einzigen Niederlage zusammenfaßt, ihm das Wissen schenkt, daß da nie irgendein Einsatz gewesen, daß auch kein Spiel war und daß die Phantasterei zu Ende ist. Wie findig ich auch die rührselige Einfalt, die in der Sache steckte, übertünchte, in Wirklichkeit hatte ich immer gedacht, ich wäre zu etwas vorherbestimmt, zu einer Aufgabe, und ob ich nun herausfände, wozu, ob ich ihr nun gerecht würde, wenn es sie gäbe, ob ich nun versagte, ich war ein wichtiger Posten in einer fernen Rechnung; doch nun mußte ich auf einen Schlag erkennen, daß es hier um keinerlei Aufgabe und keinerlei Bedeutung ging und daß es nie darum gehen würde, und überhaupt, daß ein solches Denken, das, um den Tatsachen auszuweichen, sich selbst durch Täuschungsmanöver ersetzt, daß ein solches Leben, das noch in diesem sogenannten Denken nach nichts anderem als nach schnellem Genuß strebt, unvermeidlich zum Mißerfolg verurteilt war, wie auch ich verurteilt wurde, als ich zuließ, daß die Dinge sich bis zu diesem Punkt entwickelten, bis zu diesem Abend in Beijing, bis zum Herumstehen auf dem Balkon, wo zum Himmel zu blicken die Einsicht bedeutete, daß ich nicht in Verbindung mit dem Himmel stehe, wo hinaufzublicken allein schon bedeutete, daß für mich wie für die Zeit, in der ich lebe, die Verbindung zum Kosmos abgebrochen ist, daß ich abgeschnitten bin vom Universum, ausgeschlossen von ihm, es mir entzogen ist, vielleicht endgültig. Traurig blickte ich auf die soldatische Ordnung des riesigen Hofes, auf die stummen Eingänge der schmucklosen diplomatischen Betonbauten, auf die symmetrisch angelegten Wagenauffahrten, auf den breiten Weg in der Mitte, auf dem ich ging, und auf die Platanen beiderseits, wie sie mit sanft sich wiegendem Laub leis über mir wispelten, und während aus der bisherigen Leblosigkeit plötzlich gleich zwei Autos hinter mir auftauchten und mit aufblitzenden Hoheitszeichen (»F« und »B«) an mir vorüber zum Tor huschten, dachte ich mit der gleichen Traurigkeit an jenen anderen, erbarmungslos langen Weg zurück, der mich durch Schwaden von Allgemeinheiten zur Tatsache des Abbruchs der Verbindung zum Kosmos geführt hatte, erkannte in so klarer Form, daß Ergänzungen und letzte Glättungen vorzunehmen nunmehr ein leichtes war: hinzuzufügen nämlich, daß ich nicht einfach abgeschnitten bin vom Universum, nicht einfach ausgeschlossen bin aus ihm und es mir entzogen ist, daß vielmehr einzig und allein ich es bin, der sich das alles zuzuschreiben hat, denn indem ich mich mehr oder weniger unbewußt mit dem Fehlen dieser Verbindung zum Himmel abfand und nicht gewahr wurde, wie bedauernswert die Zeiten sind, die nicht in einer Verbindung mit dem Himmel stehen, habe ich mich selbst ausgeschlossen, habe ich mir selbst meine himmlischen Relationen genommen, und jetzt nützt es nichts, daß es mich sehr zu schmerzen beginnt, es ist zu spät, es nützt nichts, daß ich mir inständig wünsche, es rückgängig zu machen, es ist daran nichts zu ändern, sagte ich mir und erreichte endlich das Tor.

Der Wachtposten war sehr jung, das an die Schultergrube gelehnte Gewehr in seiner weiß behandschuhten Hand erbebte nicht, starr, regungslos, mit vorgeschobenem Kinn und, insgesamt gesehen, mit ziemlich erschrockener und zorniger Miene nahm er auf seinem kleinen, holzgezimmerten Podest zur Kenntnis, daß ich ihm so freundlich, wie es mir bei meiner Traurigkeit möglich war, zunickte und »Saijian!« sagte, und zwar zweimal, während ich über den als Regenwasserabfluß getarnten Graben, der die Fahrt der Wagen verlangsamen sollte, trat, die Bude des unsichtbaren Wachtpersonals hinter mir ließ und, außerhalb des Tores, mich nach rechts wendete, um mich in die ziemlich belebte Gongren Tiyuchang Beilu zu begeben. Und in diesem unwillkürlichen Zunicken, mit dem es mir, ohne daß ich es darauf angelegt hätte, gelang, in dem unpersönlichen Soldaten der Ordnung den in dauerhafte Habachtstellung kommandierten Halbwüchsigen zu verwirren, in diesem provinzlerischen Grüßen, in diesem aus meinem Mund vermutlich spaßig klingenden »Saijian« lag – merkwürdigerweise, denn auch dies hielt ich für mir entzogen – eine gewisse Erlöstheit, das Gefühl, daß ich, als ich aus dem Tor trat, nachdem ich durch die imposante Allee zwischen den Apartments marschiert war sowie das in seiner Bude unsichtbare Wachtpersonal und den durch meinen Gruß verwirrten Posten passiert hatte, nicht nur aus dem Tod träte und aus dem kopfzerreißenden Durcheinander des Innenhofes in den Frieden der Gongren Tiyuchang, sondern auch aus der Ruhelosigkeit in die Beruhigung, aus dem Geflecht der Phantastereien und Täuschungen in die bitteren Übersichtlichkeiten, kurz, aus dem Komplizierten in das Einfache – in die Erleichterung, daß es nichts zu enträtseln gebe, weil alles schon enträtselt sei, daß nichts zu erforschen sei, weil es für alles hier eine Erklärung gebe, und daß ich nicht länger zu brüten brauche, wozu denn nun ich, samt meiner Zeit, bestimmt sei, hatte sich doch vorhin, auf dem Weg zum Tor, herausgestellt: ich und meine Zeit, wir sind bezüglich der Vergangenheit gewissermaßen hinausvergessen aus den Beschreibungen der Bewohner des vom Balkon gesehenen unendlichen Raums wie aus ihren Plänen bezüglich der Zukunft.

Ich blickte auch zum Abschied nicht hinauf zum gestirnten Himmel über mir, und wenn wir schon dabei sind, lasse man mich, spaßeshalber, hinzufügen, ich nahm, soweit ich mich erinnere, auch die mir innewohnenden Moralgesetze nicht recht zur Kenntnis, als ich für eine Minute auf dem Gehweg stehenblieb, den Flachmann, den ich in der zollfreien Ecke des Moskauer Flughafens mit billigem Whisky gefüllt hatte, aus der Seitentasche meiner Jacke zog und im Vertrauen auf rasche Benommenheit einen Schluck nahm, um hernach die Richtung einzuschlagen, in der die ziemlich belebte Gongren lag. Alles schien klar, alles einfach, der Whisky war gut, sogar sehr gut, und die Menschen, die einen Bogen um mich machten, als ich stehenblieb, um einen Schluck Whisky zu nehmen, waren friedfertig und geduldig; und vielleicht, ja ganz gewiß war das, diese schnell zum Erfolg führende und durchaus nicht spaßeshalber gehegte Absicht, betrunken zu werden, die Ursache, und dazu die Geduld um mich herum, vielleicht war das der Grund, daß, so leicht mir auf der Geraden zwischen dem Balkon und dem jungenhaften Posten über den Innenhof die danteske Wende meines Lebens (...»Die dunklen Wälder«...) bewußt geworden war, ich nun um so schwerer die Folgen dieser Wende erkannte, insbesondere, daß ich nicht nur aus den himmlischen, sondern in gewisser Hinsicht auch aus den irdischen Relationen ausgesperrt sei, beispielsweise aus der Orientierung im städtischen Verkehr. Aber nein, nicht nur des Schwipses und der Geduld wegen, nicht nur deshalb, denn da war ja die kühle Reinheit der Luft, der Duft der unter der Herrschaft des aus der Gobi herbeigetriebenen Staubes gerade jetzt aufatmenden Vegetation, der, vermengt mit den abendlichen Düften der feiertagsgleich erblühten Hauptstraßen, einen in magischen Wellen anfiel, da war die poetische Ausstrahlung von Sicherheit, die die Gongren in ihrer außergewöhnlichen Breite über die Autos, über die doppelte Fahrradflut und über die Fußgänger spannte, mit einem Laubdach nur für die Autos, einem für die doppelte Fahrradflut und einem nur für die Fußgänger, und da war neben mir in dieser Fahrradflut die erste Rikscha, die mir mit ihrem vorgekrümmten Fahrer und der locker herabhängenden Kette sofort Wege in die Vergangenheit eröffnete, oder der erste Drache, der aus rot, gelb, grün und blau leuchtenden Neonröhren an eine schmucke Gaststättenfassade geheftet war, oder die Menschen, die in ihrer Mehrheit immer noch stahlgraue Mao-Kittel und flache Tuchschuhe tragenden Beijinger, die zumeist in die gleiche Richtung wie ich strömten (alle zehn Millionen auf einmal, wie mir bald schien), jener »Belebtheit« entgegen – und ich könnte fortfahren, die zahllosen Phänomene aufzuzählen, die mich allesamt daran hinderten, zu durchschauen, daß es keine Erlösung gewesen war, als ich vorhin aus dem Tor trat, um mich zur Gongren zu begeben, sondern das Verirren in einem Labyrinth, aus dem ich, wie ich erst Wochen später begriff, nie mehr herausfinden werde.

Ich verirrte mich, und ich verlor mich auch sogleich darin, obgleich ich mir nicht im geringsten bewußt war, mich in irgend etwas zu verirren oder zu verlieren, und je mehr der Whisky in der flachen Flasche abnahm, um so aufgepulverter wurde ich in meiner leichten Betrunkenheit, was zur Folge hatte, daß mein Selbstvertrauen wuchs, und zwar seltsamerweise am stärksten in bezug auf den Ort, wo ich mich befand. Ich gelangte an die erste Kreuzung und blieb inmitten der Menge, die sich bei Rot drängte und bei Grün lichtete, stehen, um – wenn ich es schon für überflüssig gehalten hatte, mich in derlei praktischen Fragen vorher kundig zu machen – zu beobachten, welches Verkehrsmittel man am zweckmäßigsten wählen sollte, wenn man, wie ich, am ersten Abend in der ehemaligen nördlichen Hauptstadt des chinesischen Reiches und nachdem man von einer unvermuteten Erkenntnis auf einem Balkon des Botschaftsviertels geradezu vernichtet worden ist, sich in eine nicht näher bestimmte Richtung und mit einem nicht näher bestimmten Ziel fortbewegend, jedoch ohne jeden Umweg und so direkt wie nur möglich, wie ich es mir gegenüber, ein wenig schwankend, in der wogenden Menge an der Kreuzung ausdrückte, Beijing in seiner Wesentlichkeit sehen will. Ich stand mit Ausdauer, ab und zu einen Schluck aus meinem Flachmann nehmend, und einige Minuten lang bestand, da ich keinerlei Massenverkehrsmittel entdecken konnte, meine ganze Leistung darin, daß ich die Füße fest an der Bordsteinkante verankerte und mich nicht in zwei einander entgegenge-

setzte Richtungen gleichzeitig wegschwemmen ließ –
dann tauchte zur Linken ein schäbiger grauer Autobus
auf, überquerte, auf den Unebenheiten des Straßenkör-
pers holpernd, die Kreuzung und entschwand mir, ohne
daß er an irgendeiner Haltestelle angehalten hätte, zwischen den hupenden Autos und in der Fahrradflut.

Also: mit dem Bus! Diese Lehre zog ich mit Entschiedenheit aus dem Gesehenen, und ich meinte, nun
brauchte ich nur noch die Fahrtrichtung festzulegen,
hernach werde sich alles von selbst erledigen.

Mir fiel ein, und was das betrifft, gerade zur rechten
Zeit, was der Mann, der mich zu meinem Quartier begleitete, gesagt hatte, daß nämlich unser Viertel, und
damit meinte er, das seinige und das meinige, daß also
das neue Botschaftsviertel nahe dem Herzen von Beijing
(er hatte gesagt: dem pulsierenden Herzen) liege, ein
Stückchen, und er hatte gelächelt, nordöstlich davon;
und daß sich dieses pulsierende Herz fast in der geome-
trischen Mitte der Stadt befand, hatte ich während der
Zugfahrt durch die Wüste einem oberflächlich durch-
gesehenen Kartenwerk entnommen. Schon verfügte ich
über zwei hilfreiche Fakten, mittels derer über die Fahrtrichtung zu entscheiden ein Kinderspiel war, brauchte
ich mir doch nur eines zu merken: Wenn ich mich nordöstlich von ihm befinde, dann Richtung Südwest, und
Südwest ist natürlich da, wohin die unübersehbare
Menschenmenge strömt – und schon peilte ich einen
diagonal gegenüberliegenden Punkt der Kreuzung an
und betrat den Fußgängerüberweg, als ich auf der

gegenüberliegenden Seite das Grünzeichen sah. Es war ein übereilter Schritt, worauf mich von links drei Personenautos, ein Lastwagen und ungefähr dreihundert Radfahrer unverzüglich aufmerksam machten, so daß ich einsah, daß Grün hier eher nur eine Art prinzipielle Möglichkeit zum Überqueren der Straße oder besser gesagt ein Signal bedeutet, bei welchem das Überqueren der Straße jedermann absolut freisteht, sofern es von weiteren Umständen begünstigt wird; nachdem ich das eingesehen hatte, wartete ich das nächste Grünzeichen ab und stahl mich dann, mein Leben, wenn ich mich recht entsinne, viermal aufs Spiel setzend, zur anderen Seite und dann über einen weiteren Übergang hinweg. Doch als ich den anfangs angepeilten Punkt erreichte, fand ich dort, als mein Blick die jetzt zu meiner Linken liegende Seite der Kreuzung absuchte, keine Spur der von mir dort vermuteten Autobushaltestelle, nicht einmal die geringste Spur einer Haltestelle.

Aber es muß eine Autobushaltestelle geben, sagte ich mir, und weil ich argwöhnte, ich sähe sie vielleicht nur wegen der überwältigenden Ausmaße der Kreuzung noch nicht, ging ich erst in die Richtung, wo das wahre Ende des Platzes zu ahnen war, und als ich nach zwei- oder dreihundert Metern bemerkte, daß ich den Platz ein ganzes Stück bereits hinter mir gelassen hatte und hier mit einer Haltestelle in Verbindung mit dem Platz nicht zu rechnen war, dachte ich mir, warum soll ich nicht ein wenig zu Fuß gehen, weiter in diese Richtung, bis zur nächsten Haltestelle, denn zurückzugehen wäre völlig sinnlos, diese Richtung beibehaltend, werde ich früher oder später einen Bus bekommen, und außerdem: zu Fuß zu gehen und dabei ein wenig Umschau zu halten, besonders jetzt, da ich statt des bisher so bedrükkenden Gewichts der immer wieder erwähnten Wende in meinem Leben nur noch ihre bloße Tatsache und mit ihr die Gelöstheit meiner leichten Betrunkenheit empfinde, das, sagte ich mir entschlossen, macht mir wirklich Freude. Ja, ein Spaziergang hätte mir tatsächlich Spaß gemacht, aber mindestens drei Kilometer zu Fuß zu gehen, sofern ich die Maßstäbe richtig beurteilen konnte, obendrein in stetig wachsender Enttäuschung, das war keine rechte Freude mehr, ganz zu schweigen von der Umgebung, die trist und öde wurde, oder nein, das wäre eine Übertreibung, Autos und Fahrradschwärme gab es auch hier in Mengen, aber Fußgänger um so weniger, nach wenigen hundert Metern mußte ich sogar feststellen: sozusagen überhaupt keine, ich stapfte sozusagen mutterseelenallein an dem allen Anzeichen nach endlosen Spalier grauer Plattenbauten vorüber, und die Richtung mochte zwar im großen und ganzen stimmen, aber in den Einzelheiten schien sie vorerst ungewiß. Ich ging also annähernd drei Kilometer zu Fuß, unablässig hoffend, einmal werde irgendwo am Straßenrand ein Haltestellenschild auftauchen. Ich hatte mindestens drei Kilometer zurückgelegt, das ist sicher, als ich plötzlich auf ein verdächtiges Getöse hinter mir aufmerksam wurde, und bald traf auch ein, was ich seit Kilometern im Sinn hatte, doch vergebens, der

klapperige, plumpe Bus war *mit Fahrgästen vollgestopft.*
Ich winkte dem unsichtbaren Fahrer, ratlos und fragend,
aber daraufhin schien er nur noch triumphierender vor-
beizutöffen, ich lief ihm ein Stückchen hinterher, verlangsamte dann den Schritt, blieb schließlich stehen und
sah zu, wie der Bus mit einer Vierundvierzig auf einem
ein wenig schief ins hintere Fenster gehängten Schild in
der Ferne verschwand. Zwar war ich, vornehm gesagt,
befremdet von der unsinnigen Tatsache, daß hier, ohne
Übertreibung, ein ganzes Stadtviertel zwischen zwei
Haltestellen paßte, doch ändern konnte ich daran nichts,
und ich tröstete mich, daß ich jetzt wenigstens die Li-
niennummer des Busses wußte, den ich zu erwischen
hoffte, und mir darüber ins klare gekommen zu sein erwies sich unleugbar als nützlich, denn als ich mich nach
einer letzten peinvollen Wegstrecke endlich an den Pfahl
eines Haltestellenschildes klammern konnte, mich
dann, die brennenden Beine ausstreckend, auf die Bordsteinkante setzte und meinen Stadtplan (nicht den Flachmann, der war mittlerweile leer, so daß es sich nicht
mehr gelohnt hätte) aus der Jackentasche zog, gelang es
mir, soweit es bei dem bis zu mir abirrenden schwachen
Licht der Straßenlaterne überhaupt möglich war, mittels dieser Zahl tatsächlich, festzustellen, wo ich mich
jetzt ungefähr befand und wohin mich ungefähr ein
Vierundvierziger brächte, falls er käme.

Nach der Prüfung der Karte hatte ich einen bestimmten Plan, aber dann kam der Bus, und es war ein Vierhundertdreier, womit auf der Stelle alle Pläne platzten.

Während ich von der Bordsteinkante aufstand, versuchte ich in drei einander verdoppelnden Gegensatzpaaren schnellstmöglich eine Lösung für das unerwartete Rätsel zu finden.

Erstens, daß dieser Vierhundertdreier einer falschen Strecke folgt oder daß ich mich nicht auf der Chaoyangmen Beidaje befinde, obgleich ich mir dessen sicher bin, da ich es auf meinem Weg hierher mehrmals geschrieben gesehen habe; zweitens, daß ich vorhin an dem dreist entschwundenen Fahrzeug keine Vierundvierzig gesehen habe, daß diese Linie hier also nicht verkehrt oder daß sie hier verkehrt, ich aber so betrunken bin, daß nicht ich es war, der vorhin die Vierundvierzig gesehen hat; und drittens schließlich, daß die Karte nichts taugt und alle weiteren Bemühungen überflüssig sind, ich gehe in Beijing verloren, oder daß alles in bester Ordnung ist, auch mit der Karte, daß dies hier die Chaoyangmen ist und daß hier der Vierundvierziger fährt, es sei denn, daß sich aus irgendeinem Grund der Vierhundertdreier hierher verirrt.

Wie auch immer es sich verhalten mochte, Zeit, zu grübeln und mit mir zu Rate zu gehen, blieb nicht, denn der Bus hielt, die hintere Tür klappte auf, und ich stieg ein, womit ich bereits weiteren Schwierigkeiten ins Auge zu schauen hatte, solchen, für die diese auf meiner Karte nicht verzeichnete, wie soll ich sagen . . . Gleichzeitigkeit der Linien nur der Ausgangspunkt war und die mir binnen weniger Augenblicke deutlich wurden, es mag ja angegangen sein, daß ich mich bis hierher über meine übrigens durchaus nicht so spaßhaft brennenden Beine und die Tücken des einsamen Fußmarsches lustig gemacht habe, von nun an ist, sagte ich mir, doppelt ernüchtert, alles bitterer Ernst.

Das Innere des Vierhundertdreiers sah genauso aus, wie sein Äußeres es hatte ahnen lassen: Alles, was ursprünglich von Schrauben gehalten wurde, hing, schlappte, klapperte, die Sitze hatten sich gelockert und knarrten, das Blechdach vibrierte, die Scheiben und Türen klirrten wild, und wir, die zusammengepreßten Fahrgäste, wurden wie ein Mann nach rechts und links, nach oben und unten geschleudert, während um eine Handbreit Platz an der nächsten Aluminiumstange gerungen wurde, an der wir uns, wenn der Kampf erfolgreich war, festhalten konnten. Neben der hinteren Tür, wo ich mich gerade auf den Stufen höher und höher kämpfte, um endlich auf dem Boden des Busses sicher Fuß fassen zu können, damit diese Menge in jeder geeigneten Kurve nicht unbedingt auf mich fiel, also fast genau neben mir entdeckte ich in einem durch eine Barriere abgetrennten Teil hinter einem kleinen Eisentischchen die Schaffnerin, eine junge Frau mit anmutigem Gesicht, die gleichmütig vor sich hin sah, als beobachtete sie die auf dem Tischchen hüpfenden Fahrscheinblöcke oder die unruhigen, mit einem Gummiband gebändigten Papiergeldpacken in den aufgezogenen Fächern des Tischchens, auf daß nicht auch sie irgendwie heraushüpften. Doch sie beobachtete nicht die Fahrscheinblöcke und nicht die Papiergeldpacken, sondern mich, wie auch die

70

mich umgebenden und an mich gepreßten Fahrgäste die Augen auf den Europäer gerichtet hielten, den es unerwartet zu ihnen verschlagen hatte und der in den ersten Minuten nicht die geringste Ahnung hatte, was nun zu tun sei und vor allem wie, obgleich klar war, daß alle nur darauf warteten, daß sich das herausstelle. Lauter neugierige Gesichter, lauter mich anstaunende Augen, lauter regungslose Blicke voll zäher Ausdauer umgaben mich, und womöglich half mir gerade diese offenkundige, geradezu kindliche Spannung und Erwartung, mich schnell zu entscheiden. Darauf verzichtend, meine tiefe Traurigkeit über unsere Ausgeschlossenheit ins Spiel zu bringen, reichte ich meinen auseinandergefalteten Stadtplan dem neben mir Stehenden und bedeutete ihm, er möge ihn zur Schaffnerin weiterleiten, dann, über die Köpfe hinweglangend, tippte ich einige Male auf das in der Mitte der Karte eingezeichnete Zentrum Beijings und sagte lächelnd nur soviel: »To the heart of the city.«

Die Wirkung war überwältigend.

Wie durch Zauberkraft veränderte sich mit diesem »Heart of the city« auf einen Schlag nicht nur das Wesen der Schaffnerin, sondern die gesamte Stimmung im Bus: Die Gesichter der Menschen hellten sich auf, sie lachten einander erleichtert zu, dann betrachteten sie mich mit so warmen, freundlichen Blicken, als hätte ich jedem einzelnen mitgeteilt, daß ich wahrhaftig zu ihrem Herzen wollte für vier Maos, denn soviel nahm mir, zwei Zwei-Mao-Scheine hochhebend, die Schaffnerin, in das ihr zugeleitete Kleingeldbündel greifend, ab, um dann ihrerseits mit leuchtenden Augen und voller Zuneigung zwei winzig kleine Busfahrscheine auf den Weg zu schicken und aufmerksam den durch hilfreiche Hände zu mir zurückwandernden Rest zu beobachten, genau wie alle anderen. Mit dem Eintreffen des Wechselgeldes und der Fahrscheine näherte sich mir über die Köpfe hinweg auch die Karte, die, wie deutlich zu erkennen war, gleichsam als Reliquie der Situation niemand zusammenfalten wollte, hierauf folgte eine kurze und heftige Beratung zwischen der Schaffnerin und ihrer unmittelbaren Umgebung, an der wiederholt, und zwar recht leidenschaftlich, auch etliche entferntere Fahrgäste teilnahmen. Danach tippte unter dem eintönigen zustimmenden Gemurmel der an mich Gepreßten einer meiner unmittelbaren Nachbarn, ein wie ein Mandarin aussehender und überdies verblüffend an Pu-ji erinnernder Mann mittleren Alters, mit dem Finger mehrmals auf die ohnehin kaum noch erkennbare Mitte der immer noch auseinandergefalteten Karte und begann mit allen Schattierungen des Wohlwollens, der Herzlichkeit und der Hilfsbereitschaft in der Stimme, mir etwas zu erklären, woraufhin ich, als es mir gelang, aus dem Hagel der auf mich niedergehenden chinesischen Wörter wenigstens eins herauszuhören, selbstsicher nickte und dieses Wort wiederholte, Tian'anmen, woraufhin sich die Miene meines Nachbarn noch mehr erhellte, soweit das möglich war, und es erhellten sich noch mehr auch die Gesichter aller meiner weiteren Nachbarn und das Gesichtchen der anmutigen Schaffnerin, und so ratterten wir dahin, zusammengerüttelt und hin und her, nach oben und nach unten geschleudert (und des öfteren wiederholend: Tian'anmen) in diesem unerschütterlich töffenden Autobus auf einer mir vollständig unbekannten Strecke, einem von meiner Umgebung gewählten und unter ihren Fittichen angestrebten Reiseziel entgegen.

DA UND DORT entschied sich für mich nicht nur dieser Ausflug, sondern meine gesamte Beijinger Geschichte, daß ich nämlich von diesem ersten Abend an – welcher, damit nichts unvernäht bleibe, mit der erfolgreichen Besichtigung des Tian'anmen und einer verzweifelten und sündhaft teuren Taxiheimfahrt endete – alle meine Zeit, oder richtiger, alle Zeit, die ich dafür aufbringen konnte, daß ich also von da an meine Zeit im Herzen Chinas in Autobussen verbrachte. Schon am nächsten Tag lernte ich die Linien des Chang'an kennen, den Einer und den Vierer, am dritten entdeckte ich im Chaos um den Hauptbahnhof die Endstation der Hunderter, danach kostete ich von einigen speziellen Linien, etwa von der des Zwanzigers, der an den grauesten Vierteln, aber an einer Stelle ungefähr hundert Meter lang am schönsten taoistischen Tempel Nordchinas vorüberfährt (was man nur wissen, aber aus dem Bus nicht sehen kann), kurz, ich fuhr unentwegt mit Autobussen, unermüdlich, ich war immer näher daran, die Eventualitäten und die Unberechenbarkeiten, die Kennzeichnung der Haltestellen, die Preise, die Fahrzeiten und die wegen der Schwierigkeiten beim Einsteigen entwickelten Methoden zu verstehen, aber eines gelang mir mit diesen unermüdlichen Busfahrten nicht: mich, als Besessener der irdischen Orientierung ausgeschlossen von der himmlischen, im scheinbar sonnenklaren Rechtecksystem von Beijing zurechtzufinden.

Dabei versuchte ich alles Menschenmögliche, der Stadtplan wuchs mir regelrecht an den Händen fest, und vermutlich war ich bereits ein Farbfleck mancher Linien auf den Beijinger Straßen, wie ich zusammengekrümmt und schwankend aus den niedrigen, für die Chinesen bemessenen Autobusfenstern starrte in der Hoffnung, vielleicht doch den einen oder anderen der aus den rollenden Fahrzeugen freilich nur ganz selten entzifferbaren winzigen Straßennamen zu identifizieren; doch mit dem Pendeln zwischen der Verbotenen Stadt und dem Himmelstempel, dem Beihai-Teich und der Kaiserlichen Akademie, zwischen all den großartigen Sehenswürdigkeiten und den irgendwie nicht menschgerechten Maßstäben änderte sich auch nach Tagen nichts, ich war unfähig, die Struktur der Stadt vor mir zu erkennen, einfach unfähig, mir die Stadt als Ganzes vorzustellen und so in ihr zu verkehren, daß ich das Ganze im Kopf hatte; wie am ersten Abend im Vierhundertdreier auf dem Weg zum Tian'anmen blieb jede Linie unvorhersehbar und wählten in den Bussen angesprochene Gelegenheitsbekannte, nickend zu dem ihnen unter die Nase gehaltenen Stadtplan, meine Fahrziele aus, spürte ich ihren Schutz und ihre fürsorglichen Fittiche überall und immer um mich herum, damit ich mich nicht verirrte, nicht verlorenging in der Wildnis von Beijing.

Es kamen der fünfte, der sechste, der siebente Abend, aber meine Bemühungen erwiesen sich als durch und durch vergeblich, und selbst wenn sich mir gelegentlich ein neues Stück der magischen Winkel des Reiches ins Bewußtsein brannte, kam ich niedergeschlagen und mit einer ätzenden Unruhe in der Seele nach Hause, das heißt, jeden Abend trat ich mit dem Gefühl durch das zu den Botschaftsapartments führende Tor (jedesmal bemerkend, daß der junge Wachtposten vom ersten Abend wieder nicht zu sehen war), daß es keinen Sinn habe, am Tag darauf weiterzumachen, daß ich vergebens hier sei, vergebens *drinnen* sei, vergebens vom Bus aus ins Wesen Beijings zu blicken versuche; jenes gewisse System, das die wahre Verbindung schafft zwischen der Verbotenen Stadt und dem Himmelstempel, der Liulichang und der Kaiserlichen Akademie, zwischen dieser und der Alten Sternwarte und zwischen dieser wieder mit der Verbotenen Stadt, würde ich nie erblicken.

Dann, am Morgen des achten Tages, nahm ich mir dennoch vor, erneut auszuziehen und auch die Dreihunderter auszuprobieren.

Ich wußte bereits, daß ich auf dem sogenannten dritten Stadtring bis zur Universität fahren mußte, nicht aber, welchen Dreihunderter ich dort zu wählen hätte, aber dann wählte neuerlich der Zufall statt meiner, so

daß ich mich gut eine Stunde nach dem Aufbruch in
einem Dreihundertzweiunddreißiger wiederfand – ja,
der Zufall entschied, der mich in Gestalt einer betagten
Fleischkloßverkäuferin, der ich meine Karte gezeigt
hatte, andeutend, ich wolle zu den Westlichen Bergen
fahren, in einen Bus dieser Linie geschubst und geschoben hatte, und dieses Schubsen und Schieben ist wörtlich
zu nehmen, denn ohne ihre Hilfe wäre ich in dem erbar-
mungslosen Ansturm, in der Schlacht an den Busein-
stiegen mit Sicherheit unterlegen. So jedoch befand ich
mich auf einem verhältnismäßig guten Platz in einem
der morgendlichen Dreihundertzweiunddreißiger, ganz
hinten, ans Rückfenster gepreßt, und als ich mich an der
Endstation als einer der ersten Aussteigenden um-
schaute, bemerkte ich, daß meine eigene Absicht und der
Zufall, der mir in Gestalt jener Fleischkloßverkäuferin
zu Hilfe geeilt war, diesmal übereinstimmten, stand ich
doch vor dem Osttor des Sommerpalastes, dort, wohin
ich hatte gelangen wollen, und schon ging auch ich zwischen Lotosblumen am wunderschönen Teich vorüber
und die ganze Promenade entlang, dann durch den berühmten überdeckten Gang und zurück, schließlich
über die zahllosen Stufen bis zum höchsten Aussichts-
punkt des vierstöckigen Pavillons mit dem Namen
Buddha-Duft, wo ich die ganze bezaubernde Landschaft
vor mir sah. Und doch vermochte ich mich all dem, was
sich meinen Blicken darbot, nicht gänzlich hinzugeben,
weil ich unablässig grübelte, weil ich nicht verhindern
konnte, daß meine Gedanken wieder und wieder zu der

Frage zurückkehrten, warum wohl auf meiner Karte die Sache so dargestellt war, als hätte ich mit dieser Fahrt Beijing verlassen, wo wir doch die ganze Zeit hindurch zwischen Häusern, durch Wohngebiete gefahren waren, und wenn doch, wohin dann die Linien führen mochten, die ich auf dem breiten Platz vor dem Osttor entdeckt hatte und die, wenn ihre Zeit gekommen war, in eine Beijing entgegengesetzte Richtung ausschwärmten. Das nahm mich so gefangen, daß ich nach Beendigung meines Spaziergangs, ich brauche es vielleicht nicht zu erwähnen, nicht in einen Dreihundertzweiunddreißiger, sondern in einen gerade abfahrenden Dreihundertzweier stieg, was relativ leicht war, vielleicht, weil noch Vormittag war, vielleicht, weil der Ort, wohin wir fuhren, nicht so viele Besucher anzog.

Es ging bergauf über eine enge, kurvenreiche Straße, und kaum dreißig oder vierzig Minuten später war die Zielstation erreicht. Der Bus hielt auf dem Hauptplatz eines winzigen Dörfchens, und wo ich mich nun befand, das konnte ich erst später ermitteln, als ich an den erbärmlichen Lehmhütten des Dörfchens vorbei weiter aufwärts schritt. Ich war hungrig geworden und kaufte mir an einem Stand eine Art Fladen, da bemerkte ich in den Auslagen des Nachbarstandes drei Ansichtskarten mit, wie ich feststellte, übereinstimmendem Text auf der Rückseite, und nun stellte sich heraus, daß ich zu dem Beijing am nächsten gelegenen Ausläufer der Westlichen Berge, zum Duftenden Berg, geraten war, und als beim Weitergehen die Hütten und die Fladenverkäufer hinter mir zurückblieben, konnte ich mich davon überzeugen, daß ich mich in der Tat dort befand: Ich sah schon die rötlichen Blätter der berühmten Perückenbäume, den steilen Pfad hinan zum »Teufelsschreck-Gipfel«, und ich hörte im Wind schon den Klingklang der denkwürdigen Glöckchen an der siebenstöckigen Pagode. Das Schönste aber in dieser Landschaft von poetisch zarter Schönheit war ein Gebäude, dessen Name mir bereits vertraut war, ein außerordentliches Bauwerk aus der Jüan-Periode, der Tempel der Azurblauen Wolken mit seinen weißen Marmortürmen zwischen dem Laub des östlichen Hangs. Sofort schlug ich diese Richtung ein, alsbald trat ich durch das Tor, und nachdem ich den Saal des Künftigen Buddhas bewundert hatte, schlenderte ich in den Hof der Hauptgebäude, und schon wollte ich meine Schritte dorthin lenken, wo ich den Mittelpunkt dieses großartigen Werkes vermutete, die im höchsten Teil des Tempels der Azurblauen Wolken aufragende Diamantenthronpagode, da bemerkte ich seitlich, vom Hof der Hauptgebäude abgehend, neben einem Becken noch einen Eingang, ich warf einen Blick auf die darüber angebrachte Hinweistafel, es handle sich um die Kopie irgendeines Tempels aus Hangzhou, entnahm ich ihr, na gut, dachte ich, ich werfe einen Blick hinein, es wird sich, auch wenn es eine Kopie ist, ganz bestimmt lohnen.

Vor dem Eingang wurde gerade ein Kind fotografiert, es solle die Arme ausbreiten, wurde ihm gesagt, das Kind tat es und stand eine Weile so da, ich sah ziemlich verständnislos zu, während ich wartete, daß sie fertig würden, schließlich klickte der Apparat, das Kind trat aus der Tür, die Familie bedankte sich unter Verneigungen für meine Geduld, und nach einiger Höflichtuerei ging ich vor ihnen durch diese Seitentür am Hof der Hauptgebäude in das Innere mit dem Vorsatz, wenigstens einen Blick auf diese Kopie aus Hangzhou zu werfen.

Noch nie hatte mir etwas so sehr den Atem verschlagen, noch nie hatte mich etwas so unerwartet getroffen.

Drinnen saßen – ich erkannte sie auf den ersten Blick! – dicht nebeneinander die fünfhundert Lohans, zusammengepreßt wie sonst wir immer in den Bussen, alle fünfhundert Lohans, hinter den schützenden Glaswänden von Museumsvitrinen, regungslos, aus Holz und vergoldet.

Im riesigen Innenraum des Tempels herrschte unter den rotgestrichenen Strebehölzern fast völlige Dunkelheit, besonders, wenn man aus dem Hellen eintrat: Fenster – schmale, kleine – waren nur ganz oben in die Wände eingelassen, sie waren zudem mit schützenden Holzgittern versehen, *von innen,* so daß ich auch nach Minuten, als die Augen sich ein wenig an die Umstände gewöhnt hatten, nichts weiter konstatieren konnte, als daß hier ein endgültiges Zwielicht war, ein Zwielicht, in dem das von den Gittern gebrochene Licht nicht dazu diente, die ohnehin nur ätherischen Heiligengestalten zu beleuchten, sondern sie zu verbergen, zu behüten vor jeglichem Groben, das ihre feine Struktur aufzehren könnte.

Wieder zu Atem gekommen nach der ersten Verblüf-

fung, machte ich mich langsam auf den Weg zwischen
dem doppelten Spalier der Schaukästen, mich führen
lassend von den Gängen, die sie bildeten, ich selbst nämlich war nicht imstande, mich zu entschließen, welche
Richtung ich nehmen sollte, so ging ich einfach, nicht
einmal vorwärts, sondern immer tiefer und tiefer hinein
in die Verzweigungen dieser Gänge, vorbei an den unbeschreiblichen, vernichtenden, alles verstehenden und
alles zurückweisenden, aber doch unendlich sanften
Blicken der Lohans, und was mir einfiel von dem, was
ich über sie wußte, verflüchtigte sich unverzüglich wieder: daß sie heiliggesprochene irdische Grübler seien,
einhundert Jahre nach der Geburt Christi von König Ka-
nischka nach Kuschan zusammengerufen, damit sie die
Ordnung der Welt feststellten und den Raum und die
Zeit festhielten, damit nicht Himmel und Erde den Platz
tauschten, damit wir des ständigen Bangens Herr werden könnten und alles an seinem vorbestimmten Ort
bliebe – nun, all dieses Wissen verflüchtigte sich sofort
wie etwas, das zu wissen in dieser Welt nicht die geringste Bedeutung hat, denn Bedeutung hat nur, dachte ich,
den Blick in dem immer komplizierter werdenden System der Gänge von Wesen zu Wesen wandern lassend,
was sie über mich wissen, der ich jetzt vor sie getreten
bin und in diese mitreißenden, in einem Vergebung und
Verachtung, ferne Heiligtümer und mir zugeneigte
Sanftmut ausdrückenden Gesichter schaue. Aber da fiel
mir bereits auf, wie sehr ich mich in diesen Gängen immerfort vertat, wie sehr ich in keinem Augenblick beur-

80

teilen konnte, wo ich gerade war und wo, da ich mir dessen nicht bewußt sein konnte, die Fixpunkte dieses Raums waren, beziehungsweise der eine Punkt, zu dem ich mich ins Verhältnis setzen konnte, der Ausgang, den zu finden sich als ebenso schwierig erwies, wie es leicht gewesen war, schon nach der zweiten Biegung den Weg zurück aus den Augen zu verlieren. Ich begann, Versuche anzustellen, vielleicht gelang es, und mit der Fixierung des Ausgangs im Kopf machte ich mich wieder und wieder auf den Weg zwischen den Lohans, aber es war vergebliche Mühe, spätestens nach der dritten Biegung wußte ich wieder nicht, warum ich wohl diesen Weg, einerlei, ob vorwärts oder rückwärts, immer verfehlte. Allmählich interessierte es mich, was hinter dem seltsam Labyrinthischen des Tempels stecken mochte, und da ich das Gefühl hatte, die Blicke, die ein jeder Lohan auf mich richtete, mittlerweile zu kennen, sah ich gar nicht mehr nach den Heiligen, vielmehr schlich ich gesenkten Kopfes durch ihr doppeltes Spalier, aber wieder vergebens, denn kaum daß sich nach ein paar Schritten ein Bild vom Ganzen abzuzeichnen begann, fiel dieses Bild plötzlich auseinander. Draußen mochte es inzwischen dunkeln, aber ich ging immer noch gesenkten Kopfes diesem Bild hinterher, bis mir mit einem Mal etwas auffiel, etwas lächerlich Einfaches, daß nämlich jeder Gang vertikal zum anderen verlief.

Auch hier sind alle Wege vertikal angeordnet, durchzuckte es mich fast schmerzlich, auch hier, wurde mir bewußt, genau wie in Beijing die Straßen, sind die

Gänge in ihrer *Rechteck*struktur undurchschaubar. Ich befinde mich in dem gleichen Labyrinth, dachte ich, aus der Tür tretend, in dem gleichen Raum mit seinem mir verborgenen Sinn; und ich stieg nicht mehr hinauf zur Diamantenthronpagode, sondern trat den Rückweg ins Dorf an, trottete durch die inzwischen tatsächlich in abendlichem Dunkel liegende Gasse zum Platz, wo zu meinem Glück noch ein letzter Bus stand, beim Einsteigen bemerkte ich, daß die meisten Spaziergänger und Ausflügler längst auf und davon waren, denn es gab sogar Sitzplätze, ich ließ mich durch die enge, kurvenreiche Straße hinab zum Sommerpalast fahren und von dort aus mit dem Dreihundertzweiunddreißiger und über den dritten Stadtring weiter nach Hause.

Es war ein angenehmer, heiterer, warmer Abend, unter dem Laub der Gongren Tiyuchang Beilu schlenderten unzählige junge Paare. Ich schlängelte mich zwischen ihnen hindurch zum Tor zu den Botschaftsapartments und dachte bitter, nein, es ist nicht wie im Märchen: Erde und Himmel sind nicht getrennt, nur ich bin getrennt von der Erde wie vom Himmel und von den Göttern, getrennt von den Zeremonien, mit denen ich sie herbeirufen könnte, weil ich sie nicht kenne, ich kenne keine einzige Geste, mit der ich auf sie zugehen könnte, ich weiß nicht, wie ich sie ansprechen müßte, ich weiß nicht, wie ich dieses ganze erhabene Reich ansprechen müßte, ich bin stumm, absolut stumm, und wieder trat ich vor dem unsichtbaren Wachtpersonal über den Graben, der die Autos mäßigen sollte, und gleich danach hielt ich inne, denn da war doch auf dem kleinen Podest neben dem Tor, durch und durch hilflos, ein bekanntes Gesicht gewesen.

Der junge Posten, den ich seit dem ersten Abend nicht mehr gesehen hatte. Ich ging die wenigen Schritte zurück, um mich zu vergewissern, daß er es war, der dort stand. Er war es. Ich nickte ihm lächelnd zu, und weil ich meinte, es sei schon freundlich von ihm, daß er mich daraufhin nicht totschoß, verzichtete ich auf ein weiteres Zunicken und ging weiter.

Aber etwas gebot mir, stehenzubleiben, ein Lächeln, und damit hatte ich am allerwenigsten gerechnet. Der junge Wachtposten lächelte mich an wie einen alten Bekannten: verstohlen, damit niemand es sah, heiter und herzlich.

IV

DIE GÖTTIN HAT GESCHRIEBEN   Sehr geehrter, lieber
Krasznahorkai, gleich zu Beginn müßte ich für so
vieles eine klare Erklärung geben und müßte ich Sie
für so vieles um Entschuldigung bitten, daß ich wirklich nicht weiß, wo ich anfangen soll. Ich fürchte
mich vor dieser fremden Sprache, ich fürchte, daß ich
in ihr nicht werde ausdrücken können, was ich sagen
möchte, und wenn doch, dann fürchte ich, daß Sie es
nicht verstehen, daß ich Sie womöglich schon mit der
Anrede gekränkt habe oder damit, daß ich Ihren Namen nicht richtig schreibe. Denken Sie nicht, daß
ich daran zweifle, ich glaube Ihnen, und es stimmt
mich immer traurig, wenn Sie davon schreiben, wie
grundlegend sich Ihr Leben seit unserer Begegnung,
wie sie die Lü-bu-Aufführung nennen, geändert hat –
aber glauben Sie mir, auch ich bin aufgewühlt, und
seit Sie angefangen haben, mir nach Ihrer Heimkehr
in Ihr fernes Land Briefe zu schicken, überlege ich in
einem fort, was ich machen soll. Gestern hat mir Onkel Wang, der Briefträger von Ding'an, aus Freundlichkeit Ihren vierundsechzigsten Brief ins Theater
gebracht, statt ihn zu Hause in meinen Kasten zu
werfen, und wenn ich nach allen dreiundsechzig entschlossen war, nicht zu antworten, weil das für Sie so

unbedingt am besten wäre, fällt mir diese Antwort jetzt, wo ich meinen Entschluß doch ändere, vierundsechzigfach schwerer. Bisher habe ich gedacht, es ist richtig, wenn ich schweige, weil dieses Schweigen, dem, wie meine Mutter sagt, Zeit und Ferne die wahre Kraft geben, mit Sorgfalt die Wunde heilen wird, die, wie Sie schreiben, ich Ihrem Herzen zugefügt habe. Ich glaubte, wenn ich nicht antworte, könnte nichts die Lebendigkeit des Bildes, das Sie sich in Gedanken von mir machen, weiter speisen, es würden die Farben dieses Bildes erst verblassen, dann würde es endgültig in Ihren Eindrücken von China eingewaschen oder aufgelöst werden (ich weiß nicht, welches englische Wort hier richtig ist). Beim Lesen Ihrer gestern eingetroffenen Zeilen habe ich aber auf einmal begriffen, daß es nicht so ist, mit meinem Schweigen schade ich nur, und wenn ich Ihr erneutes Geständnis weiterhin ohne Antwort lasse, dann wird diese – nicht nur mich, sondern auch meine Umgebung verblüffende – Flut der Briefe niemals enden, dann gebe ich Ihnen wirklich noch recht, daß ich der »behexende Dämon« bin, der Sie an jenem Sonnabend im Oktober von der Bühne des Kammertheaters Dong'anmen Dajie »gefangengenommen« hat und dessen »strahlende Schönheit« Sie, wie Sie in einem Ihrer seither gewissermaßen alle zwei Tage eintreffenden Briefe zu meiner nicht geringen Besorgnis schreiben, »todkrank gemacht« hat.

Ich möchte Sie nicht länger beirren, indem ich

schweige, bitte, glauben Sie mir: ich bin kein undurchschaubarer Dämon, sondern eine einfache Huadan-Schauspielerin einer Operntruppe in Peking.

Und ich erinnere mich an Sie.

Sie saßen in der Mitte der dritten Reihe, ziemlich nahe bei der Bühne. Andere Europäer besuchten diese Vorstellung nicht, nur für eine kurze Zeit auf der hinteren Empore eine Gruppe Touristen, aber sie gingen bald wieder. Wie meistens an diesen Wochenendabenden bestand das Publikum aus Pensionären, die die ganze Zeit über ihre Anrechtkarte in der Hand hielten, und aus Angehörigen von Fabrikarbeiterbrigaden, und inmitten der vertrauten, lieben, alten Gesichter fiel mir Ihres natürlich sofort auf – zwei fiebernde Augen, hohe Stirn, wie auf dem Foto, das Sie mir geschickt haben, ja, und die Nase, an der man gleich den Europäer erkennt. Als die Musik einsetzte und der erste Vorhang hochging, war zu sehen, wie sich Ihr ganzer Körper anspannte, und als auch der blaue Vorhang hochging, waren Sie in Ihrem Sitz wie angewurzelt beim Anblick der höfischen Würdenträger, die den Fürsten Dong-zhuo auf beiden Seiten umgaben, und bis zum Schluß änderte sich Ihre starre Haltung nicht. Ich weiß, daß es so war, und damit Sie sehen, daß ich auch nur ein irdisches Wesen auf zwei Beinen bin, verrate ich Ihnen, ich habe mir Sie auch angeguckt, erst durch die Kulissen, heimlich, dann Auge in Auge, als ich als Diao-chan auf die Bühne kam. Es ist zwar nicht ungewöhnlich, aber in der letzten Zeit passiert es doch selten, daß im Zuschauerraum des Kammertheaters Dong'anmen Dajie ein Ausländer sitzt.

Sie haben sich mir eingeprägt, und ich möchte Sie bitten, denken Sie nicht, daß es so ist, wie Sie vermuten: Ich habe Sie nicht »sofort, als der Vorhang sich schloß«, vergessen. Meine Mutter kann es bezeugen, ich habe ihr noch am selben Abend, beim Teetrinken vor dem Schlafengehen, über Sie berichtet, und sie hat mich gerügt, gleich aus zwei Gründen: weil es in unserem Land sehr ungehörig ist, sich für einen Ausländer zu interessieren, und weil ich imstande war, während meines Auftritts meine Aufmerksamkeit zu teilen. Meine Mutter, die eine sehr berühmte Wu-dan-Schauspielerin war (inzwischen aber ans Bett gefesselt ist), meint, es ist der schwerste Fehler eines Hua-dan-Schauspielers, wenn er zum Zuschauerraum hinabblickt und diesen sieht. Ein wahrer Hua-dan-Schauspieler ist blind, sagte meine Mutter an diesem Abend mahnend.

So unterhielten wir uns über Sie und darüber, was einem Hua-dan-Schauspieler verboten ist, aber keinem von uns ging die Möglichkeit durch den Kopf, die dann mit Ihrem ersten Brief eintrat. Onkel Wang drehte ihn lange in den Händen, aber er konnte auch nicht sagen, woher er kam, wir betrachteten neben den chinesischen die vielen fremden Briefmarken und den merkwürdigen Umschlag, wir bemerkten, daß zwei Hände die Adresse geschrieben hatten, die eine hatte meinen Namen mit Pinyin-Buchstaben geschrieben, die andere auf chinesisch meine Wohnanschrift in Ding'an Lu (Wochen später erst erfuhr ich von unserem Direktor, daß wir das Ihrem guten Bekannten und Helfer, dem Genossen Professor Chai, zu verdanken haben, der anhand des Namens, denn er kannte meine Mutter, herausbekam, wo ich wohne), wir betrachteten und betasteten ihn also, Onkel Wang und ich, und wir überlegten sogar, daß ich ihn vielleicht gar nicht öffnen sollte, daß es besser wäre, Onkel Wang nimmt ihn wieder mit, soll ihn erst einmal ein höherer Vorgesetzter lesen, aber dann habe ich ihn doch geöffnet, das ist ja englisch geschrieben, sagte ich, und inzwischen umringten uns schon die Nachbarn.

Sie wissen, was in diesem Brief stand, aber anscheinend nicht, wie schwer ein Chinese die Ausländer versteht. Zuerst schämte und ärgerte ich mich sehr, und ich wußte nicht, was ich vor den Leuten sagen sollte, die um mich herum standen und aufgeregt warteten, daß ich über den Inhalt des Briefes berichtete. Ich fühlte mein Gesicht glühen, das ist in keinem guten Englisch geschrieben, erklärte ich und zeigte ihnen die sonderbar gefalteten Blätter, ich kann es kaum entziffern, und ich lief ins Haus, wo ich den Brief wieder und wieder durchging, Buchstabe für Buchstabe, aber ich verstand ihn einfach nicht. Niemand sprach mich mehr wegen des Briefes an, und ich hätte auch niemandem ein Wort darüber sagen können, aber einige Tage später, oder vielleicht war eine Woche vergangen, brachte Onkel Wang gleich zwei solche Briefe von Ihnen, und da meinte meine Mutter, jetzt müßten wir den Nachbarn etwas sagen. Das ist wieder derselbe, sagte ich deshalb unter Anspielung auf die Umschläge bei nächster Gelegenheit auf dem Markt zu Mama Chang, derselbe Ausländer, ein großer Liebhaber des chinesischen Theaters, und er hat mich in der Rolle der Diao-chan gesehen. Das ist schon der dritte Brief, in dem er mir gratuliert, log ich.

Aber dann kamen der vierte, der fünfte und der sechste, wieder auf einmal, und ich konnte nicht länger lügen. Onkel Wang bat mich, einen Satz aus irgendeinem vorzulesen, ich möchte verstehen, sagte er, wie die Ausländer denken. Ich übersetzte ihm die Stelle, wo Sie über den Blick Diao-chans nach der ersten Arie schreiben. Onkel Wang hörte es sich an, plötzlich wurde er ganz fröhlich, dann lief er, ohne den Grund für diese Fröhlichkeit zu erklären, lächelnd und kopfschüttelnd weiter. Von da an lachte er mir immer zu, wenn er einen Brief von Ihnen brachte.

Dabei wurden die Briefe vom siebenten an immer trauriger und trauriger – was Onkel Wang freilich nicht wissen konnte. Sie schrieben darüber, daß Sie in Ihrem Land keine Ruhe finden, daß Sie sich zurück nach Peking sehnen, nach dem Dong'anmen Dajie, und daß Sie, wenn Sie an mich denken, einen tödlichen Schmerz im Herzen verspüren – aber gleichzeitig verstand ich immer weniger, was Sie sagen wollten. Sie schrieben, ich bin es, der Ihrem Schicksal eine neue Richtung gegeben hat, und daß Ihnen nicht nur die Tatsache, sondern schon der Gedanke an die Entfernung, die Sie von mir trennt, zu schaffen macht – damit verwirrten Sie mich völlig, und ich wußte nun ganz und gar nicht mehr, was ich tun sollte. Jedes Geständnis erschreckte mich sehr, und von dem Kummer in Ihren Worten wurde ich ebenso traurig, wie ich mir Sie in dem fernen Land vorstellte. Das war am Anfang des letzten Mondmonats, in Peking hatte es geschneit, und ich bat unseren Direktor, er sollte mir statt der Diao-chan eine andere Rolle geben.

Aber unser Direktor antwortete, er denkt gar nicht daran, die Lü-bu-Aufführung ist von der Kulturabteilung des Zentralkomitees günstig beurteilt worden, und eine geeignetere Diao-chan als mich findet er, denn offenbar wollte er mich loben und aufmuntern, in ganz Peking nicht.

Meine Mutter stellte nie eine Frage, sie sagte kein Wort zur Flut Ihrer Briefe außer dem, was sie beim Eintreffen des ersten gesagt hatte: antworte nicht, er wird dich vergessen; und ich gebe zu, in ihrem Schweigen war etwas für mich Unverständliches und Geheimnisvolles, weshalb mir später gar nicht mehr in den Sinn kam, daß ich mich in dieser für mich allzu schwierigen Lage um einen weisen Rat an sie wenden könnte. Wenn ein Brief von Ihnen kam, und es kam alle zwei oder drei Tage einer, setzte ich mich zu ihr aufs Bett und las ihn vor, sie hörte zu, aber sie sprach kein Wort. Ich schob den Brief dann in den Umschlag zurück, schrieb in die linke obere Ecke die laufende Nummer, füllte den Abendtee in die Tassen, und wir hörten still zu, wie im Ofenloch der Wind raunte.

Ich war sehr ratlos und sehr unsicher, und ich hatte keinen, der mir in dieser Ratlosigkeit hätte helfen und auf den ich mich in dieser Unsicherheit hätte stützen können, deshalb versuchte ich, ganz in meiner Arbeit aufzugehen. Bei den Vormittags- und den Nachmittags- proben rackerte ich mich ab, und wenn Vorstellung war, entfernte ich mich nie weiter als einige Schritte von den hinteren Kulissen, auch dann nicht, wenn ich nicht in der Nähe der Bühne zu sein brauchte, denn mir bereitete schon der Gedanke Übelkeit, daß ich während einer Lü- bu-Vorstellung eine andere sein könnte als Diao-chan. Ich wollte, daß ich am Ende eines Tages vor Müdigkeit einfach die Kraft nicht mehr hatte, darüber nachzu- grübeln, was Ihre Briefe für mich bedeuten. Wenn ich abends inmitten Hunderttausender Pekinger mit dem Bus, dem Hundertzehner, vom Chongwenmen-wai nach Ding'an Lu nach Hause fuhr, wollte ich vor Er- schöpfung nicht einmal zu einfachen Fragen mehr fähig sein, zum Beispiel, warum es für mich so wichtig ge- worden war, was Sie schrieben oder ob Sie überhaupt schrieben, auch, warum ich alle Ihre Briefe, ich könnte es ja tun, nicht ungelesen wegwarf, wenn sie mich doch allesamt, wirklich allesamt, so traurig machten, schließ- lich, und das war so einfach wie beunruhigend, warum mich Ihre treuen Briefe, diese leidenschaftlichen, schwärmerischen Geständnisse, diese unerschöpflich strömenden Berichte über *einen einzigen* Auftritt von mir, an jenem Sonnabendabend vor Monaten, so überaus traurig stimmen, statt daß ich Zufriedenheit und Stolz deswegen empfände.

Und es gelang auch, ich forderte alles von mir, und ich forderte alles von unserem Er-hu-Musiker, dem großartigen Yang Liao-ling (an den Sie sich erinnern müßten, an jenem Abend hat auch er gespielt), und bei dieser angestrengten, fieberhaften Arbeit war ich am Abend tatsächlich so müde, daß ich gar nicht daran dachte, diese Fragen zu stellen – obgleich auch die Antworten, heute weiß ich es, dann nicht zur Klarheit geführt hätten. Diese Fragen hätten mich nämlich irregeführt, denn da war nur eine Frage, die helfen konnte, und zwar: an wen Ihre durchgeistigten Briefe gerichtet sind, was genau Sie eigentlich in mir sehen. Damals, in den abgehetzten Tagen des letzten Mondmonats, war ich noch zu aufgewühlt, um das zu begreifen.

Meinen ersten freien Tag nach dem Fest des Mondneujahrs verbrachte ich, nachdem ich mit den Besorgungen für meine Mutter fertig war, im nahegelegenen Tiantan-Park. Mitten in dem Park voller Spaziergänger, vielleicht haben Sie es gesehen, wenn Sie vom Tiantan-Krankenhaus nach Nordosten gingen, verläuft eine sehr, sehr lange, pfeilgerade, breite gepflasterte Promenade zu den kaiserlichen Tempeln, die seinerzeit für die Opferprozessionen zu den Göttern des Himmels gebaut wurde. Seit meiner Kindheit liebe ich diese Promenade, von der ich immer das Gefühl hatte, daß die Alten in dieser Form tatsächlich einen einzigen Blick des Herrn des Himmels ausgespannt haben, deshalb dachte ich, was mir als kleinem Mädchen soviel Freude gemacht hatte, würde mich jetzt wieder beruhigen können: wenn ich auf dieser Allee vom Marmoraltar des Huiyinbi aus zwischen den im Schnee glitzernden Bäumen gehen und den Blick in diese magische Perspektive bohren, wenn ich mich in den friedlichen Strahl dieses in der Ferne regungslosen, riesigen göttlichen Auges stellen kann. Das machte ich, und ich wurde nicht enttäuscht: Die Sonne schien, auf den Ästen und Zweigen der Bäume glitzerte der Schnee, und in der Ferne strahlte blendend die Huangqiongyu und dahinter versteckte sich die aus südlicher Richtung nur erahnte, in wunderbarem Schwung ansteigende dreifache Kuppel des Qiniandian. Erst als es dunkel wurde, kehrte ich heim, mit besänftigter Seele und ohne jede Ahnung, daß ich mich irrte, wenn ich glaubte, ich wäre allein unter den Spaziergängern gewesen – ich war durchaus nicht allein.

Wer aber der geheimnisvolle Gefährte war auf der Promenade, stellte sich bald heraus.

Eines Tages, als wir mit Liao-ling schon seit dem Morgen eine sehr schwierige Handzeichenfolge aus dem »Herbstlichen Fluß« übten, ging auf einmal die Tür auf, und an der Seite unseres Direktors trat ein Fremder in den Probenraum. Natürlich zog Liao-ling sofort den Bogen aus den Saiten, und auch ich wandte mich ihnen respektvoll zu, aber unser Direktor gab uns hinter dem Rücken des Gastes einen Wink, der bedeutete, wir brauchten nicht aufzuhören, den Ankömmling habe er zwar einlassen müssen, aber er sei nicht von sehr hoher Stellung. Er trug einen einfachen, dunkelblauen Stoffanzug und wirkte sehr alt. Unser Direktor sprach ein paar Worte mit ihm, führte ihn in den hinteren Teil des Raums, half ihm auf einen Stuhl, gab ihm ein Glas Leitungswasser und schnitt dann, ihm den Rücken kehrend, eine unwillige Grimasse zu uns herüber, dann ging er hinaus und ließ uns mit ihm allein. Um die Wahrheit zu sagen, anfangs achteten wir nicht sonderlich auf ihn, Liao-ling schob den Bogen an die richtige Stelle, legte sich die Er-hu auf den Knien zurecht und begann, wie es zwischen uns üblich war, mit einer – und zwar der dritten – Arie der Diao-chan; wenn ein Gast die Probe störte, sang ich neuerdings nur etwas aus dieser Aufführung, denn daran konnte sich jeder vom Niveau unserer Truppe überzeugen, aber auch, weil die herzzerreißende, für schlichte Ohren jedoch ein bißchen ungewöhnliche Melodie den Neugierigen meistens nach zehn Minuten abschreckt, was wir auch diesmal erhofften – wir glaubten, entweder suche der Gast Leute für das Programm eines Veteranenklubs, oder er sei ein vorbildlicher Rentner aus der Provinz, der für seine gesellschaftliche Arbeit etwa damit belohnt wird, daß er, wie man es nennt, einen Blick hinter die bunten Kulissen des Pekinger Kulturlebens werfen darf.

Doch der Fremde rührte sich nach zehn Minuten immer noch nicht von der Stelle, ich mußte die ganze Arie zu Ende singen. Als ich fertig war, wechselte ich mit Liao-ling einen Blick, dann fragte ich den Fremden aus Höflichkeit laut, ob er einen besonderen Wunsch hätte, soweit es an mir liege, würde ich ihn gerne erfüllen. Aber er sprach kein Wort. Ich stieg vom Podest, und erst als ich ganz in seine Nähe kam, bemerkte ich, daß er weinte.

Und wir hatten den Leiter des Veteranenklubs in ihm gesehen oder einen vorbildlichen Rentner! Ein großer Irrtum.

Unser Besucher war Tien Han persönlich, einer der Größten in der chinesischen Theaterkunst.

Aus der Nähe fiel es mir nicht mehr schwer, ihn zu erkennen, obzwar er fast nur noch ein Schatten seiner selbst war gegenüber dem, der dank meiner Mutter in mir lebte. Als ich noch klein war, hatte sie mir furchtbar viel über ihn erzählt und ihn mir einmal sogar auf der Straße gezeigt. Ich wußte, daß ihn die Viererbande verschleppt hatte, lange hieß es, er hätte es nicht überlebt, dann war er doch wieder aufgetaucht, invalide und gebrochen, er konnte nie mehr der sein, der er einmal gewesen war. Er begann zu trinken, er verschwand aus der Umgebung der Theater, und wenn er sich hin und wieder doch zeigte, endete das in der Regel mit einem Skandal: er wurde verspottet, weil er ständig betrunken war, man vergaß seinen Ruhm und behandelte ihn wie den letzten Dreck. In mir hatte meine Mutter die Hochachtung vor Tien Han wachgehalten.

Ich war sehr erschrocken, daß ich vorhin für ihn gesungen hatte, und sehr erschüttert, daß ich ihn weinen sah.

Und ich wußte nicht, was er hier suchte.

Unser Direktor hatte den Wasserhahn nicht richtig zugedreht, so daß ich eigentlich nur das Tropfen hörte, während Tien Han sprach. Ich war so ergriffen und so sehr noch von der Erschrockenheit und der Erschütterung befangen, daß ich den Sinn seiner Worte erst begriff, als wir ihn hinausgeleiteten, er schlurfte, auf seinen Stock gestützt, durch die wogende Menge davon, und ich machte für diesen Tag Schluß und trat den Heimweg an. Er hatte gesagt, meine Mutter hätte ihn um seine Meinung über mein Talent gebeten. Er hatte gesagt, er hätte mich gesehen, als ich durch den Tiantan-Park ging, und jetzt hätte er mich singen gehört. Er sagte, er hätte sich mein Gesicht und meine Bewegungen angesehen, und ich wäre jetzt auf Hilfe nicht mehr angewiesen. Und zum Abschied, in der Tür, mit einem Bein schon auf der Straße, hatte er Liao-ling um fünf Yüan gebeten.

Im Bus betrachtete ich die Leute und die Häuser der verschneiten Chongwenmen-wai, dann stieg ich zwei oder drei Stationen eher aus als sonst und ging zu Fuß weiter zur Ding'an Lu. Nun wagte ich wieder an Sie zu denken, und an Sie habe ich auch am Tag darauf gedacht, nach der Vorstellung, in der Garderobe. Beim Abschminken war mir, als ob ich allmählich verstünde, wem Sie eigentlich diese melancholisch hingerissenen Briefe geschrieben haben und warum sie mich immer so traurig machten. Ich wusch mir die Schminke vom Gesicht und beobachtete dabei im Spiegel, wie sich dieses Gesicht nicht veränderte. Von jetzt an, dachte ich, wird die Schönheit dieses Gesichtes kaum einer loben, der hinter ihm ein anderes sucht. So stellte ich Sie mir vor und dachte, meine frühere Traurigkeit rührte vielleicht gerade daher, daß Sie es wußten, daß Sie es bemerkt hatten, und daher Grund hatten, dieses andere, gewöhnliche Gesicht zu loben. Ich warf noch einen Blick in den Spiegel und war beruhigt: ich war nicht mehr fröhlich und nicht mehr traurig.

Vorgestern bat mich meine Mutter, sie ins Ji-Xiang-Theater zu bringen, wo wir nach mehrwöchiger Pause wieder spielten, sie wollte noch einmal die Lü-bu-Aufführung sehen. Um fünf Uhr am Nachmittag konnte ich endlich eine Rikscha beschaffen, auf die der Rollstuhl paßte, so daß meine Mutter zur Vorstellung dort sein konnte. Mein Partner war wieder Li Hong-tu, die Trommel spielte Yang Guangtang, das Er-hu Liao-ling, so erinnerte der ganze Abend sehr an den, den Sie an jenem Sonnabend im Oktober besucht hatten, aber mit dem Unterschied, daß nur noch Diao-chan auf der Bühne stand. Im Zuschauerraum befanden sich, falls es Sie interessiert, keine Europäer.

Als sich der Vorhang schloß und wir uns in der Garderobe vor die Spiegel setzten, nahm ich in Gedanken den Abend bis ins kleinste auseinander, und ich war so versunken, daß vielleicht eine ganze Stunde verging, bis mir einfiel, daß im leeren Theatersaal ja meine Mutter wartete. Ich lief zu ihr, aber zum Glück war unser Direktor sogar noch dankbar für meine Verspätung, hatte er doch bis zu meinem Kommen die berühmte Schauspielerin als ihr Verehrer gut unterhalten können; er begleitete uns hinaus, er selbst weckte den Rikschafahrer, und er verneigte sich respektvoll, als wir uns im nächtlichen Treiben der Wangfujing entfernten. Auf den größeren Straßen war der Schnee geschmolzen, so kam die Rikscha und kam auch ich auf meinem Fahrrad in dem angenehm milden Verkehr bequemer vorwärts als auf dem Hinweg, und da ich vom Gesicht meiner Mutter schon vorher nicht hatte ablesen können, ob sie mit meinem Auftritt zufrieden war, gab ich mir Mühe, immer in ihrer Nähe zu bleiben, vielleicht würde sie schon unterwegs etwas sagen. Aber sie schwieg sich aus, sie betrachtete die wogende Menge auf den Gehwegen und die Händler unter den südländischen Arkaden der Chongwenmen-wai, und sie sprach auch nicht, als wir zu Hause ankamen, als ich ihr drinnen beim Ausziehen half und als sie sich unter Ächzen und Stöhnen ins Bett legte. Ich stellte Wasser zum Kochen auf und bereitete die Tassen vor, aber sie begann erst, als wir den Tee getrunken hatten.

Ich habe mit Tien Han gesprochen, sagte sie und winkte mich näher zu sich.

Ich setzte mich zu ihr aufs Bett.

Du bist sehr schön, sagte sie und umfaßte mit zwei Fingern mein Kinn. Du bist eine wirkliche Hua-dan-Schauspielerin geworden. Von morgen an beginnen deine Aufgaben als Schauspielerin nicht, wenn du die Bühne betrittst, sondern wenn du sie verläßt.

Ich sah in ihre lieben, alten Augen, aber ich konnte nicht entscheiden, ob sie traurig oder stolz waren.

Als ich die Tassen ausgespült hatte, war sie schon in Schlaf gesunken.

Gestern dann brachte mir Onkel Wang Ihren vierundsechzigsten Brief ins Theater, in dem Sie mir mitteilen, daß Sie sich entschlossen haben: Sie kehren nach China zurück.

Nicht wahr, Sie verzeihen mir, daß ich Ihre Gefühle nicht erwidern kann?

Und, lieber Krasznahorkai, suchen Sie mich nicht. Lieben Sie *Peking,* aber glauben Sie nicht, daß Sie auf die Bühne treten können, wo ich lebe.

Peking, 1991   Lu Shan-li

V

Für L. Sz.

IM ESCORIAL FIEL EIN ESSEN AUS Am sechsten Oktober neunzehnhundertneunzig, abends gegen halb acht, fuhr ich mit meinem Gastgeber auf dem Rücksitz eines alten Toyota ungefähr in Höhe des Wendekreises des Krebses, um eine Spur genauer zu sein: etwa fünfzig Kilometer südlich von diesem, auf einer Hauptstraße von Guangzhou dem Hotel Escorial entgegen. Der außer dem Dialekt der Einheimischen keine andere Sprache sprechende und deshalb gänzlich unansprechbare Fahrer, den auf amerikanische Art ein massives Gitter vor den häufigen Attacken hinter ihm sitzender Fahrgäste schützte, kam zwischen den Tausenden von Fahrrädern, Rikschas, Fußgängern und hupenden Autos des für den über Beijing hierher Gelangten geradezu unerträglich dichten, hier jedoch normalen abendlichen Verkehrs nur im Schrittempo voran. Der Rücksitz ließ sich vergleichen mit schmutzigem Schaum: Unter dem zerschlissenen, klebrigen Bezug ertrugen die von jahrzehntelangem Gebrauch ermüdeten Federn außer dem eigenen keinerlei anderes Gewicht, so daß der Wagen seine Passagiere nicht aufnahm, wie ich schon beim Einsteigen mit einem mulmigen Gefühl im Magen konstatiert hatte, sondern verschluckte, sie hinter Gitter bringend, als ob es sich, was die Absichten des Fahrers anbelangte, um eine Fuhre nicht etwa mit dem von uns erbetenen Ziel, sondern mit einem komplizierteren Bestimmungsort handelte. Mit irrigem Bedacht, hinsichtlich des Wesentlichen also arglos, beobachtete ich durch die stracks hochgekurbelte Scheibe prüfend das unübersichtliche, heiter-zeitlose Durcheinander der Hauptstraße. In dem betagten Vehikel funktionierte die Klimaanlage nicht. Als Kontrapunkt zu dem heillosen Krach, der zu uns hereindrang, schwieg der Fahrer, schwieg mein Freund und Gastgeber und schwieg an seiner Seite auch ich.

Das Klima der Sechs-Millionen-Stadt am Perlfluß ist beinahe ein tropisches, deshalb hat die Luft, ich muß sagen: naturgemäß, einen überraschend widerlichen Stallgeschmack, deshalb hat sie, ich muß sagen: selbstverständlich, einen stechend stickigen Dschungelgeruch, alles zusammenfassend und abwägend hatte die Luft also, warum sollte ich es nach diesen Umschweifen anders nennen, ein *tödliches* Gewicht. Dieses entsetzliche Gewicht lastete auf der Landschaft, den Fluß und seine Stadt in ewiger Dämmerung haltend – den Fluß, der sich in seiner bedrohlichen Geräuschlosigkeit auf das Delta zubewegte wie im Schatten seiner Ufer eine Schlange – um mit die Quelle nie erschöpfendem langsamem Strömen diese ewige Dämmerung hinweg zu tragen in die fettiggrüne, gallertige Masse des Südchinesischen Meeres, und die Stadt, die schwitzenden Millionen der in hö-

herem Sinn für verbotene Glücksspiele so empfäng-
lichen Kantonesen und unter ihnen jetzt mich, den
durch und durch Fremden, hier, auf einer der Hauptstraßen, der Huangshi Zhonglu, dem Anschein nach
alle paar Augenblicke steckenbleibend auf der Fahrt zu
einem Essen, zum gekühlten Strahlen des Escorials.

Doch mein Freund und seine wunderschöne Escorial-Liebhaberin mit dem Herzen einer Tigerin hatten
sich vergebens auf eine genüßliche kulinarische Stunde
mit mir eingestellt (»Es gibt Fisch!« hatte die junge
Dame aus dem Hotel, wo sie auf uns wartete, am Te-
lefon verheißen lassen), denn, alles bedenkend, *schon
hier,* auf dem Huangshi-Ring, mußten wir mit unserem Taxi umkehren, weil es mir nicht gut ging, schon
auf halbem Weg zu den Freuden und Annehmlichkeiten
mußte dem ob der unerwarteten Änderung gleichmütig nickenden Fahrer die Adresse angegeben werden,
von der wir vorhin aufgebrochen waren, damit er
mich wegen der unvermittelt einsetzenden und meiner
Kehle und Lunge von Minute zu Minute stärker zuset-
zenden Beklemmung (deren Zweck ich noch nicht
ahnte, aber deren erschreckenden Ausgang zu erkennen mir, da ich seit dem Februar vieles über meine
Aussichten wußte, nicht schwerfiel...) auf der Stelle
nach Hause brachte.

Wegen des inneren Gleichgewichts wäre es nun
eine gute Fortsetzung, wenn ich, um den realen Genuß gebracht, in meiner Phantasie die nicht eingetre-
tenen Ereignisse im kühlen Speisesaal des Hotels ab-

spulte, die endlos aufeinanderfolgenden Gänge der Kantoneser Küche, den ausgebliebenen südasiatischen Aufzug der Farben auf den Platten, den Wechsel und das Zusammenspiel von Grün, Rosa, Rot und natürlich Weiß, ganz der Tiefenstruktur des abendlichen Speisens entsprechend; eine gute Fortsetzung wäre es, zu behaupten, aus dem Taxi mittels Fahrstuhl ins Bett gelangt, sei ich letztlich zu dem Schluß gekommen, der größte Verlust – jedoch! – bei alledem sei es, daß ich die Gesellschaft der an die andere Seite des Tisches gedachten Escorial-Liebhaberin, Miss Wang, die betont freundschaftlichen Abstufungen des gegenseitigen Kennenlernens, den anmutigen Anblick des ins Bläuliche spielenden, glänzend schwarzen Haars, der glühend roten Seidenkleidung, der dunklen, warmen Augen und des im Lachen gelösten Gesichtes: daß ich das alles versäumen mußte.

Statt dessen aber lag ich, dem Wahnsinn nahe, bewegungslos und – in den ersten Stunden noch auf kaum erträgliche Weise – bedrängt vom Sinn des Geschehens, von der Tatsache, auf der Liege des Gästezimmers im Apartment meines Freundes, im fünfzehnten Stockwerk eines Hochhauses an der Taojin-Lu, einer schmalen, leicht gekrümmten Straße, die parallel zum Rand des Dschungels an der nordöstlichen Stadtgrenze verläuft, und unternahm, das Heben und Senken meines Brustkorbs auf das mögliche, aber nie ausreichende Minimum beschränkend, alles, um eines nicht zur Kenntnis nehmen zu müssen: daß mein Leben *an einem Haar* hängt.

Meine fieberhafte und verzweifelte Flucht vor dieser

Erkenntnis bedeutete alsbald, daß ich vor jeglichem Gedanken floh, fürchtete ich sie doch zu Recht: noch die risikolosesten könnten mich dazu bringen, mein Übel beim Namen zu nennen und frei heraus zu sagen: Was ich im Februar ohne jede echte Gefahr überstanden hatte, weil ich es in Europa überstand, das hat sich jetzt, der selbstsicheren ärztlichen Voraussage zum Trotz, im lebensgefährlichen Fehlen Europas wiederholt – meine Lunge ist perforiert, und wenn ich nicht innerhalb von ungefähr anderthalb Stunden ins Krankenhaus komme (was ich nicht werde, weil es in Guangzhou keines gibt, nicht in dem Sinn, wie wir es kennen), dann werde ich, möglicherweise, ersticken.

Ich floh nicht nur davor, daß die Tätigkeit meines Hirns irgendeinen Gegenstand fand, auch das Schauen beurteilte ich inzwischen als nicht mehr ungefährlich: Mal kamen mir die Risse in der Decke verdächtig vor, bei deren Anblick mir etwas in den Sinn kam, mal das Fenster, das hier, in der Höhe des fünfzehnten Stockwerks, zwischen zwei Blöcken des Gebäudes auf eine zusammenfassende Betontraverse ging (nennen wir es vorläufig so), und selbst die noch am ehesten nichtssagende Arglosigkeit der Wand gegenüber meiner Liegestatt – kahl: ohne Bild, Äderung, Anstrich- oder Tapetenmuster – war mir nicht harmlos genug, deshalb pochte mein Hirn gewissermaßen über dem einzig zulässigen Gegenstand, dem Dilemma nämlich, ob ich überhaupt irgendwohin schauen sollte. Oder die Augen zumachen? Was wäre weniger gefährlich?

Da das Schließen der Lider das Schauen nicht beendet, konnten die Augen, und damit möchte ich die Einzelheiten behutsam überbrücken, die in sie gesetzten Hoffnungen nicht erfüllen, so daß mir nichts weiter übrigblieb, als mit denkbar gegenstandslosester Absicht den Blick vorsichtig auf etwas zu richten, und dafür schien die Klimaanlage am geeignetsten, die unbezweifelbar den Mittelpunkt des Raumes bildete, nicht nur, weil ihre Tätigkeit von existentieller Bedeutung war, sondern auch wegen ihrer beachtlichen Unförmigkeit. Die klapperige Apparatur mit der Aufschrift Hitachi erinnerte mich an einen ausgemusterten Kühlschrank, der auf den Rücken gelegt durch eine Öffnung in der Seitenwand des Gebäudes (und somit meines Gästezimmers) balanciert wurde: die eine Hälfte ragte oben, in der Ecke neben dem Fenster, ins Innere, die andere Hälfte wurde draußen, im Freien, von fünfzehn Stockwerken Tiefe gehalten. An langen weißen Drähten baumelten Leistungsreglerschalter und Thermometer von dem Gerät herab, es sah aus, als wäre es eine gespenstische Spielart jener Luftwurzelbäume, die mir schon in der ersten Stunde meiner Ankunft in Guangzhou aufgefallen waren; als wir vom Flugplatz Baiyün über die Jiefang Beilu stadteinwärts fuhren, waren sie immer wieder hinter dem Vorhang aus heißem Dunst, der zu beiden Seiten der durch den Dschungel geschlagenen Straße lastete, aufgetaucht.

Mit vollkommen leerem Blick starrte ich auf den Apparat, bewegungslos daliegend lauschte ich seinem

Brummen, stundenlang, tagelang; und damit diese glatte Art des Formulierens nicht unter Umständen in die Irre und zu einer gemütlicheren Darstellung führt, muß ich wiederholen, daß ich stundenlang, tagelang (wie viele Tage, weiß ich nicht) *ausschließlich* dieses Brummen hörte, in meiner starren Bewegungslosigkeit dieses behexende, betäubende, vergiftende Brummen mit seiner lediglich aus zwei Tönen bestehenden, kraftvollen, beschwörenden Melodie:

– daß ich sie nie mehr vergessen werde, brauche ich wohl kaum zu sagen.

Wie viele Stunden und Tage hindurch dies letztlich anhielt, vermag ich wegen der am Huangshi-Ring in Kraft getretenen und von der unsrigen in mehreren Schichten abweichenden Zeitrechnung nicht anzugeben, eines aber ist sicher: die Frage, ob diese Bewegungslosigkeit meinem Organismus helfe und er fähig sei, den rechten Lungenlappen aus eigener Kraft und auf sich selbst angewiesen zu flicken, stellte ich mir kein einziges Mal, beziehungsweise, ich stellte überhaupt keine Frage mehr, und ich dachte die ganze Zeit über auch an nichts, ich sah nur auf das Gitter der Klimaanlage in der rechten oberen Ecke der Wand gegenüber und lauschte ihrer unendlich düsteren und, in doppelter Wortbedeutung, tiefen Musik, die wie der Perlfluß ihre Quelle nie erschöpfte, bis, nach dem Wesen dieser Geschichte, der letzte Abend gekommen war. Schon als die Helligkeit draußen sich zu verlieren begann, schon als auch mein Zimmer aus dem ewig dämmerigen Zwielicht in die Dunkelheit wegkippte, schon da fühlte ich, wie es mir das Herz zusammenschnürte; doch es wurde Nacht, bis mir auffiel, daß ich schon seit einer geraumen Zeit eine Stimme in mir hörte, und zwar, wie mir bewußt wurde, meine eigene Stimme, wie sie in intimer Vertraulichkeit jemandem unermüdlich die Nachteile davon klagte, in die Ferne verschlagen worden zu sein.

Und es wurde noch tiefere, es wurde tiefste Nacht, bis ich zur Kenntnis nahm, daß der Angesprochene kein anderer war als Gott, der Herr der Bibel.

ICH LAG AUF DEM RÜCKEN, und wenn ich vorsichtig den Kopf zur Seite drehte, sah ich durch das Fenster, das heißt, sah ich dank der Helligkeit, die aus einer gegenüberliegenden Wohnung fiel, als undeutlichen Fleck die – nennen wir sie nun endgültig so – zusammenfassende Betontraverse, wie sie auf hauchzarte, ihr Material Lügen strafende Weise das Dach des aus zwei Blöcken bestehenden Hochhauses in der Luft verband. Vielleicht allzu hauchzart! dachte ich besorgt, um dann, zum Adressaten der Rede, die sich auch jetzt ohne Unterlaß in mir vollzog, zurückkehrend, auf einmal überrascht festzustellen, daß am erschreckendsten im Grunde genommen nicht das Risiko meiner Krankheit, dieser ganze sogenannte Spontan-Pneumothorax in Guangzhou, war, sondern daß der, den ich daheim in Europa nie anzusprechen vermocht hatte, weil mich stets verwirrte, daß es ihn nicht gebe, jetzt, in der Mangel von Bedürftigkeit und Bedrängnis, so überaus selbstverständlich ansprechbar war, und daß ich ihn nun unabhängig von seinem Nichtsein nur deshalb vergeblich rief, weil er nicht hier war. Der Herrgott, dachte ich weiter, von meiner Furcht in eine immer unheildrohendere Richtung geführt, ist dort, wo seine Gläubigen sind. Und hier gibt es keine Gläubigen, in Guangzhou mögen ein paar von Gott losgelöste Abenteurer sein, auch sie unterwegs nach Macao, deshalb kann ich Ihn aus Guangzhou nicht erreichen, nicht zu Hilfe rufen, meine gebetsartige Rede dringt nicht zu Ihm, weil ich jene Grenze überschritten habe, weil ich mich außerhalb dessen gestellt habe, was göttliche Rufweite zu nennen kein Scherz von mir wäre.

Ein paar Abenteurer? fragte ich mich, innehaltend im Abwärtsgleiten. Gut möglich, daß ich völlig allein bin, daß der einzigen christlichen Kirche der Stadt, der im vergangenen Jahrhundert erbauten Shishi-Kathedrale, und plötzlich sah ich ihr Bild vor mir, schon im vergangenen Jahrhundert der letzte Pfarrer weggestorben ist! Es gab keine Erklärung, warum mir unvermittelt gerade sie einfiel, jedenfalls ging mir die Kathedrale von da an nicht mehr aus dem Kopf, auf einmal war es sehr wichtig, daß ich etwas Genaueres über sie erführe, als ob mein weiteres Schicksal davon abhinge, ob sie überhaupt

noch stünde und ob wir mit mir, der ich mich als Gerech-
ter nicht bekannte, wenigstens zu siebent wären in
Guangzhou und daß wir kein eingestürztes Portal und
keine ausgebrannten Trümmer vorfänden, wenn wir in
der Not dorthin liefen. Warum meine Wahl ausgerechnet auf die Zahl Sieben fiel und nicht auf die Drei oder auf
die Zwölf, das lag vermutlich allein an der fiebrigen,
stickigen, tiefer als tiefsten Nacht, jedenfalls sah ich
mich, noch diesseits von Reue und Scham, in der gleichen Situation wie zum Beispiel ein Verbrecher, der
unter Arabern mit Waffen schmuggelt und sich eines
Tages in der Wüste verirrt: rissige Lippen, der Körper
am Zusammenklappen, die Hände in den Sand krallend,
Augenflimmern von der stechenden Sonne, das mag genügen zur Identifizierung, und schon stehen wir in der
Mangel von Bedürftigkeit und Bedrängnis vor dem bisher *nur* angezweifelten Herrgott, unabhängig davon, ob
wir zufällig Waffenschmuggler und Gottesleugner sind.
Wenn es sich um Wasser handelt, dachte ich, weiter zu
fassen versuchend, was ich an eigener Haut erfuhr, dann
ist in der Wüste niemand sonst, an den man sich wenden
könnte. Und in der Wüste handelt es sich nur um Wasser.

Ich befand mich also diesseits von Scham und Reue,
aber ich schämte mich nicht nur meiner eigenen Un-
gläubigkeit und ihrer schändlichen Aufgabe wegen, ich
ärgerte mich auch, daß ich etwas scheinbar viel Unbedeu-
tenderes versäumt hatte: mir die Kathedrale anzusehen.

Ich wußte, daß sie an der Yide Lu steht, und wenn man
die Jiefang Zhonglu hinab geht, erreicht man sie eine

Ecke vor dem Ufer des Perlflusses, vor dem Yanjiang; ich wußte, wer sie wann erbaut hat, und von Fotoaufnahmen wußte ich auch, wie ihre beiden neugotischen Türme aussehen – oder aussahen –, wie sie ihre Spitzen über den im Grün der Vegetation versunkenen Betongebäuden in den Himmel bohren. Ich wußte alles über sie, was man vorher nur wissen kann, ich wußte nur nicht, warum ich gezögert hatte, sie zu besuchen, als es nach meiner Ankunft noch möglich gewesen wäre; denn wenn ich es nicht versäumt hätte – und ich beobachtete starr den Fleck der Traverse hinter dem Fenster, wie sie die beiden Glieder des Gebäudes nicht nur bloß zusammenfaßte, sondern sie gleichzeitig auch nicht losließ –, brauchte ich jetzt nicht in eine tiefe Grube der Verzweiflung zu fallen, der Verzweiflung, ob der, zu dem ich spreche, es hört oder nicht hört, und es zählt einzig und allein diese verlockende Stimme, die mir seit Minuten ins Ohr zischelt, auch Guangzhou habe seine Angebote für den Fall solcher Nöte . . .

Denn ich kann es nicht verschweigen, ich muß eingestehen, an diesem Punkt jener tief als tieferen Nacht gewahrte ich um mich herum entschieden die Anwesenheit gewisser . . . fremder Geister. Sie waren in der stickigen Luft, sie belagerten den Rand meines Bewußtseins, und so sehr ich mich auch vor ihnen ekelte, als blickte ich in einen Korb mit wimmelndem Gewürm, ich mußte immer mehr Widerstand aufwenden, um nicht einer unverkennbaren Tatsache ins Auge schauen zu müssen: von *dieser* Welt sind sie die Geister, und ich bedurfte eines immer störrischeren Trotzes, um nicht das Angebot zur Kenntnis zu nehmen, das, wie ich sagen muß, wesentlich einfacher war als eine Versuchung. Es hatte einen vernünftigen Vorschlag zum Gegenstand, dennoch mag er mir damals sehr gefährlich erschienen sein, denn heute erinnere ich mich ganz lebhaft noch, wie hysterisch ich ablehnte; er besagte ungefähr, ich solle die zur Kenntnis nehmen, die hier seien, und wer nicht hier sei, um den solle ich mich nicht kümmern. Der Jade-Kaiser Yuhu-ang zeigte mir eine Neun, und obgleich ich den Sinn der Zahl kannte, die Ewigkeit, Glück, Reichtum und Licht in sich faßt, verstand ich nicht, was sie für mich bedeuten sollte... Das Rosa der Lotosblüte, das Weiß der Chrysantheme, das Blau der Narzisse drängte in mein Sehfeld, aber ich vertrieb sie als Halluzinationen meines Fieberzustands... Es nützte nichts, daß ich ihnen die kalte Schulter zeigte, ein Blick streifte noch die Gestalten der drei zu mir geneigten Glücksgötter, Fuxing, Luxing und Shouxing, letzterer wollte mir gerade ein Amulett aus dem Holz des Pfirsichbaums reichen, ein Taofu... Auf dem Panzer einer Schildkröte, wie Fu-hi seinerzeit, erblickte ich ein weissagendes Pakua-Diagramm, und hätte nicht im selben Augenblick ein Schwarm böser Guis mich heimgesucht, im Herannahen die heiße Luft aufwirbelnd wie ein Wind, hätte ich bestimmt meinen Widerstand aufgegeben und mich in das prophetische Zeichen versenkt. Alle kamen sie mir kräftig und lebendig vor, dennoch gelang es mir, mich heftig gegen sie sperrend, mit fünf aufeinanderfolgenden Blicken sämtliche Fieberbilder zu verscheuchen, was ich schon deshalb machen mußte, weil ich sonst das Risiko eingegangen wäre, daß nach den Guis mit ihrem zahlreichen Gefolge und als Vorboten des drohenden Hintergrunds dieser Geisterwelt auch die langhaarigen Dämonen kommen würden.

Sie zogen sich also zurück in ihr Nichtsein, sie alle, von Yuhuang bis zur Schildkröte, und wenngleich es mich beschwichtigte, daß der *eine* Blick nicht nur genügte, um sie abzuschrecken, sondern auch das Maß ihres Seins war, vermeinte ich wahre Beruhigung erst finden zu können, wenn »mein Herrgott« aus seinem Nichtsein herausträte und sich dem Geistergewimmel entgegenstellte. Einer plötzlichen Eingebung folgend, rief ich mir deshalb den ersten Satz der Schöpfungsgeschichte ins Gedächtnis, dann den nächsten und den übernächsten, später fiel mir die Stelle aus der Offenbarung ein, »und ich sah Throne, und sie setzten sich darauf«, ich suchte Sätze aus den Klageliedern des Jeremia, und ich fand Sätze in den Evangelien, und hier angelangt, immer noch bewegungslos auf dem Bett liegend und weiterhin die Traverse am Fenster im Auge haltend, stellte ich immerhin schon fest, daß die göttlichen Worte dieser Sätze von solch großer Kraft sind, daß man getrost Vertrauen zu ihnen haben kann, und ich fing an, mich an diese Winzigkeit Vertrauen zu klammern. Ich kümmerte mich von da an nicht darum, was mit Ihm selbst und so mit seinem bedrängten, ungläubigen Getreuen in Guangzhou werden würde, sondern ich beschäftigte mich – so-

weit der Zustand meines Gedächtnisses und meines ab-
gekämpften Körpers es zuließ – damit, statt Seiner unfaßlich fernen Gestalt einen Schutzwall aus Sätzen, die
Ihn zitieren, um mich zu bauen. In Gedanken hastete ich
kreuz und quer von den Büchern Mose zu Jesaja, von den
Psaltern zu Zephanja und von der Offenbarung wieder
zurück, zurück zu dem Anfang, um wieder und wieder
dorthin zu gelangen, wo das Am-Anfang-Sein des Wor-
tes der unüberschreitbare Punkt ist. Unüberschreitbar,
dröhnte dieser Am-Anfang-sein-Satz in meinem Kopf,
und die plötzliche Gewißheit bereitete dem Umher-
hasten ein Ende, unüberschreitbar ist es auch in tiefe-
rem Sinn; und die zuerst noch in lästerliches Leugnen
mündende Erkenntnis, daß nämlich ohne das Buch der
Bücher, ohne die Bibel, ohne die Form, die diesen mein
Wesen zusammenhaltenden Inhalt aufnimmt, es keinen
Herrgott gebe, dieses Bewußtwerden also in eine richti-
gere Bahn leitend, das Leugnen zurückweisend und es
ein für allemal als Mißverständnis beurteilend, spürte
ich, wie ich immer weniger traurig war über die Furcht,
ich könne in Guangzhou möglicherweise sterben.

Es handelte sich nicht darum, daß sich das verwundete
Tier, zur Gegenwehr nicht mehr fähig, seinem Verfol-
ger anbot, sondern darum, daß ich begriff: Das gesuchte
Alpha und Omega, jenes gewisse Haar meines Lebens,
der Ungenannte des Throns, mein Herrgott, folgt nicht
aus der Wirklichkeit, sondern aus der Bibel.

Es gibt ihn also, dachte ich, ohne jedes Pathos, denn
dazu bestand kein Anlaß.

Dann dachte ich noch an die Shishi-Kathedrale, daran, daß sie vielleicht tatsächlich schon eine ausgebrannte Ruine mit eingestürztem Portal war; doch eine, wenigstens eine einzige Bibel ließe sich zwischen den Steinen, schadhaft, aber noch lesbar, sicherlich finden.

Wenn nicht, dann ist Schluß. Dann ist in Guangzhou wirklich Schluß. Und das war der Augenblick, als ich endlich glaubte, daß nicht mein Sehen die hauchzart zusammenfassende Traverse zwischen den beiden Gebäudeblöcken hielt, ich schloß die Augen und schlief ein.

Ungefähr eine Woche später, innerlich einigermaßen zusammengeflickt und im übrigen von meinem Gepäck umgeben, wartete ich vor der Haustür des Gebäudes an der Taojin-Lu, daß mein Freund, der gegangen war, ein Taxi abzufangen, zurückkäme und damit der Mechanismus in Funktion träte, der mich wegbringen würde, weg aus dieser tödlichen Luft. Doch der Aufbruch vereinfachte sich erheblich, als sich herausstellte, daß er kein Taxi zu jagen brauchte, er mußte nur einem zuwinken, das – wer weiß, wieso – gerade leer am Haus vorüberfuhr. Er winkte also, ein paar Handgriffe mit dem Gepäck, und schon waren wir unterwegs zum Flugplatz Baiyün.

Diesmal saß ich allein auf dem Rücksitz, mein Freund hatte sich neben den Fahrer gesetzt, aber trotz dieses nicht unerheblichen Unterschieds (und noch zahllose weitere ließen sich aufzählen: Automarke, Tageszeit,

Strecke) hatte ich, als wir in die Jiefang Beilu einbogen und der Fahrer zu seinen furchteinflößenden Manövern im wiederum schwindelerregenden Verkehr ansetzte, auf meinem Rücksitz das Gefühl, mich befördere dasselbe Taxi, mit dem ich auf so denkwürdige Weise damals auf dem Huangshi-Ring gescheitert war. Ich betrachtete die Luftwurzelbäume in der Hitze, und das brachte es mit sich, daß ich den in den Wahnsinn treibenden Chor der Klimaanlage zu hören vermeinte. Ich beobachtete den Nacken des Fahrers und fand heraus, daß er seinem Vorgänger ähnelte, stark ähnelte. Als Krönung meines bangen Vorgefühls schließlich empfand ich am Gaumen den Geschmack von Fisch.

Die böse Vorahnung erwies sich Gott sei Dank als grundlos. Alles verlief so glatt wie nur möglich, das Check-in, das Vorzeigen der Tickets, das Einsteigen. Ich verspürte eine vollständige Gelassenheit, als sich die Boeing auf ihre Flughöhe einstellte. Man reichte mir ein Erfrischungsgetränk, die Klimaanlage über meinem Kopf mixte eine *dem Wesen nach* andersartige Luft zurecht, leise erklang chinesische Musik.

Zufrieden lehnte ich mich zurück, und bevor ich einschlafen würde, bestellte ich noch eine Erfrischung, um irgendwie den Fischgeschmack zu vertreiben, den ich noch nicht losgeworden war.

Aber da merkte ich, es war nicht Fischgeschmack, was ich empfunden hatte: ich hatte ein Haar auf der Zunge.

VI

SIEGEL AN DEN TOREN   *Ihr Schleier: der Wolken Zug.*
Blütenknospe: ihr Gesicht. / Frühlingswind, ein Schwert,
das mich durchschneidet, Morgentau mit reichem Schmuck. /
Nicht in die Höhe strebt das Herz, nicht auf der Jade-
berge Höhn, / schon neigt sich der Mond, neigt sich auf den
Jaspisgrund, plötzlich schob sich in meinem Gedächtnis hinter einer für immer verlorenen und mit noch
so listiger Ermittlung unmittelbar nicht mehr auf-
findbaren kaiserlichen Melodie dieses unsäglich
schöne und unsäglich rätselhafte Gedicht der Tang-
Periode hervor, als wir, im Abendlicht eines Herbsttages aus dem vornehmen Halbmondsegment des
Parkplatzes am Hotel Zhaolong biegend, auf dem inneren Streifen der Gongren Tiyuchang Beilu die
Fahrt ins westlich gelegene Zentrum der Stadt antra-
ten. Träge rollte der Wagen über die nach Beijinger
Art außerordentlich breite Ausfallstraße, und schon
hier, gleich zu Beginn, hätte mir auffallen können,
daß neben den aus dem Zwielicht getretenen Ge-
dichtzeilen diese Trägheit der Fortbewegung von
einem anderen Punkt her, aus den flüchtigen Augenblicken der Gegenwart, ein gewisses prophetisches
Licht werfen könnte auf das, was mir bevorstand;
denn nicht die reale Geschwindigkeit lieferte die Er-

klärung für die Gemächlichkeit unserer Fahrt, sondern der bei aller Zufälligkeit enge Zusammenhang, der zwischen meinem Taxi und den übrigen Fahrzeugen, die sich in einer Linie mit uns auf der zeitlichen Geraden dieser ungewöhnlichen Straßenbreite bewegten, bestand, die im Verhältnis zueinander sehr langsamen Überholvorgänge und das im Verhältnis zueinander sehr langsame Zurückbleiben; ganz zu schweigen davon, daß mich dieses rätselhafte Tempo, in dem sich der Verkehr der riesigen sinkenden Scheibe der blutroten Sonne entgegen vollzog, zu der Wahrnehmung hätte veranlassen müssen, daß der tadellose Veranstalter dieser Abenddämmerung mein Taxi nicht auf dem Asphalt, sondern ein wenig über ihm fahren ließ, als wollte er damit andeuten, wohin wir eigentlich unterwegs waren, ich und der schweigsame Fahrer mit dem freundlichen Gesicht.

Auf all das hätte ich merken und all das hätte ich wahrnehmen können, doch ich war Herr weder meiner Aufmerksamkeit noch meiner Wahrnehmung, im Gegenteil, ich saß in einer süßen Benommenheit, einer, ich könnte es mit kühlstem Kopf nicht anders sagen, überaus ungewöhnlich zusammengesetzten Betäubtheit des Nachsinnens auf dem Rücksitz, sah aus dem Fenster und grübelte mit der Eintrittskarte für das Ji-Xiang-Theater in der Hand und den Fieberrosen dieser Betäubtheit im Gesicht über die Pläne des himmlischen Koches, der mir diese Benommenheit aus Glück und Traurigkeit zurechtgemischt hatte

– darüber, warum dieses mein Grübeln zu nichts führte, das heißt, warum ich es nicht für notwendig befand, innezuhalten im Umkreisen der Tatsache, die – mit dem heutigen Abend meinen letzten anmeldend – schwer auf meinem Herzen lastete. Selbstverständlich wäre es leicht und nützlich, die Sache von hier an irgendwie auf literarische Pfade zu lenken, also meinem Gewerbe gemäß mit der Spitze meiner Feder an die Stirn zu klopfen und mich an einer der komplizierten Ranken des ersten Satzes abzuseilen, beispielsweise zu der Erklärung – und mich bei ihr selbstverständlich endgültig heimisch einzurichten –, gewiß, seit Jahren schon sei ich jeden Abend nur imstande, in jedem Abend nur das zu erkennen, was an ihm das letzte ist – wenn in einem so besonderen Fall wie jetzt dem meinigen bei aller Leichtigkeit und Nützlichkeit, dieser Kraft nachzugeben, nicht ein äußerst sinnloser Schritt verborgen wäre und die Integrität meiner dem Leser vorgelegten Geschichte nicht gerade davon abhinge, ob ich der Verlockung auf derlei literarische Pfade widerstehen und mein Taxi in der Wirklichkeit halten kann, auf der ungeschönten Geraden der realen Gongren Tiyuchang und, nachdem wir nach links abgebogen sind, der Chaoyangmen. Wenn wir schon dabei sind, könnte man nun natürlich einwenden, in er allgemeinen Atmosphäre unermeßlicher Langeweile gegenüber der Literatur sich neuerdings hinauszuwagen in diese allgemeine Atmosphäre unermeßlicher Langeweile zeuge an sich schon vom heroischen

Mut der Dummheit, wogegen ich nichts einzuwenden hätte, füge man aber hinzu, die Literatur nehme die realen Dinge andauernd auf die leichte Schulter und trage sie dahin, wo diese Dinge, zumindest nach Hoffnung des Tragenden, sogleich bestrahlt würden vom sogenannten tröstenden Licht der Transrealität, und dieses ständige Herumtragen sei die Literatur, und davon habe man nun genug, was ich so verstehen möge, daß man es zum Kotzen finde, würde ich beschwichtigend, doch so ernsthaft wie nur möglich zur Antwort geben, das alles werde genau zur rechten Zeit erwähnt; denn in meinem Fall handelt es sich um einen Ausnahmefall, wenn ich widerstehe, unverzüglich mit den gaumenreizenden Wendungen der Geschichte einzusetzen, wenn ich mich der Literatur enthalte, wenn ich auf die erwähnte Herumtragerei verzichte und die echten Dinge an ihrem Platz lasse und mich also durchbeiße bis zur Wahrheit, denn nur dann, nur dann wird wohl das sogenannte tröstende Licht der Transrealität an der inneren Oberfläche der im folgenden dargebotenen, sehr realen Geschichte doch nicht fehlen. Damit beherrsche ich mich, und das gleiche möchte ich auch allen der Märchen überdrüssigen Gefühlen empfehlen, die Wahrheit nämlich, nicht mehr und nicht weniger, das intakte Skelett des vom Parkplatz am Hotel Zhaolong ausgehenden, in die Chaoyangmen einbiegenden und dort eine Unterbrechung findenden Ereignisses, zu dessen Sinn übrigens, und ich schicke es besser jetzt schon voraus, ich meine, zu dem diejenigen, die nicht zu den Märchensachkundigen gehören, kaum einen Zugang finden werden, freilich, wer weiß, es kann auch anders sein, mir ist es recht, jedenfalls verspreche ich hier, an diesem Punkt, lediglich, daß ich, was diese interpretierende Vorrede oder, bissiger ausgedrückt, dieses leere Geschwätz betrifft, jetzt aufhöre und mich seiner fortan nicht mehr bedienen werde, vielmehr kehre ich auf der Stelle dorthin zurück, woher ich wegen der verlockenden Gefahren des »letzten Abends« vorhin aufgebrochen bin, hiermit zur Kenntnis gebend, daß ich, als ich in bezug auf den bevorstehenden Abend die Tatsache erwähnte, es handle sich um den letzten Abend, durchaus nicht die Absicht hatte, die in der doppelten Deutbarkeit des Ausdrucks verborgene verschmitzte Tiefsinnigkeit auszunutzen, und durchaus nicht dem Leser dieses Berichtes heftig zublinzeln wollte, er möge nur ruhig die Betonung auf den apokalyptischen Hintergrund der Struktur legen, ganz im Gegenteil, ich wollte lediglich mitteilen, und dies zu wiederholen, möchte ich nicht versäumen, daß mein erwähnter Abend in der Tat der letzte war in Beijing, am darauf folgenden mußte ich die Rückreise nach Europa antreten, und auf der Fahrt zum Ji-Xiang-Theater, bereits ziemlich drinnen im dichten Verkehr auf der Chaoyangmen, war ich deshalb unfähig, mich unter den eigentlich beredten Vorzeichen zurechtzufinden, weil mich nach den außergewöhnlichen Erlebnissen meiner Reise der Gedanke an den Abschied, und man möge mich verstehen, aufwühlte.

Ich betrachtete die beidseits der breiten Straße enteilenden Bäume und warf zuweilen einen Blick auf den schweigsamen Fahrer mit dem freundlichen Gesicht, ich saß zurückgelehnt in der glücklich-traurigen Benommenheit und gab mich, nicht länger über den himmlischen Koch grübelnd, dem Abschied hin. Und mich dem Abschied hinzugeben bedeutete nicht allein, daß ich im Erinnern mir neuerlich den Tempel der Fünfhundert Lohans auf dem Duftenden Berg, die im Nebel verschwimmende Promenade am Ufer des Teiches im Sommerpalast oder die himmlische Symmetrie der Verbotenen Stadt einprägte, sondern auch, daß ich prüfte, ob man dieses uralte Reich, in das ich mich hatte ablassen können, auch wieder verlassen können würde. Als mich Wochen vorher eine Schicksalsfügung, ein undurchsichtiger Zufall nach China geführt hatte, glaubte ich, ich würde die steinernen Figuren an der Straße zu den Ming-Gräbern sehen, die Perlenverkäufer am Tientan besuchen, durch das Badaling-Tor der Großen Mauer schreiten und auf dem Pflaster des Tian'anmen-Platzes nachschauen, ob das Blut noch zu sehen ist – es wird, dachte ich, eine Reise ins Exotische werden. Dann begriff ich schon auf der Grenzstation, noch weit diesseits der Ming-Gräber und Perlenverkäufer, daß es nicht einfach um die Exotik der Ming-Gräber und der Perlenverkäufer, sondern um das Gefühl gehen würde, das man beim *Eintritt in ein Reich* hat, innerhalb dessen man in der

Zeit ungehindert rückwärts verkehren kann, um das Gefühl beim Eintritt in das Reich, in dem Qui Shi Huangdi die Bücher verbrennen ließ und die Pinsel des Wang Wei noch vorhanden sind, um das Gefühl, wenn man aus dem Tempel des Himmels tritt und zur unerklärlichen Schönheit der dreifachen Kuppel aufschaut, dann auf die Zehntausende Spaziergänger blickt und gewahr wird, daß dies ja die gleichen Untertanen sind – letzten Endes um das Gefühl also, frei . . . hm . . . herumzutoben in vergangenen Jahrhunderten, ohne daß man den gesunden Menschenverstand verliert und glaubt, man habe die Grenzen der Wirklichkeit überschritten; herumzutoben, sich dann aber, wie ich es in der Abenddämmerung über der Chaoyangmen tat, die wenigstens ebenso zauberhafte Möglichkeit der Rückkehr aus der unaussprechlichen Süße des reglosen Zeitvergehens in das imperiale Europa vorzustellen, in eine ganz andere, aber nicht weniger erregende Zeitanschauung, in die beständige Provinz der Nur-Zukunft-Flüchtigkeit, wo alles für die Freiheit beherrscht werden muß und deshalb alles nur bis zur Inbesitznahme dauert, dann zerfällt und seinen Sinn verliert. In der Nähe der alten Sternwarte bogen wir aus der Chaoyangmen in die Jianguomennei Dajie, und ich beobachtete die Unmenge Radler auf dem Fahrradweg, die vielen Männer und Frauen mit zeremoniell starrem Blick unter dem zusammenreichenden Laub der endlos langen doppelten Baumreihe, und wenn der eine oder andere dichtere Fahrradschwarm in diesem ungeheuren Gewimmel hinter uns blieb, versuchte ich zum Abschied einige von den starren Blicken abzufangen, mir wenigstens einen endgültig ins Gedächtnis einzuprägen, um jederzeit alle zu sehen, wenn ich an die Fahrradwege von Beijing dächte. Von da an sah ich alles mit diesen abschiednehmenden Augen, das, was mir im Abendlicht über den Weg kam, ebenso wie das, woran ich mich nur noch erinnern konnte, und ich verspürte die Schwere eines Reichtums, als hätte man mich in eine wundersame Landschaft geführt und allein gelassen. Der Wagen kroch von der Jianguomennei auf die Chang'an, die Menge auf den Fahrrad- und den Gehwegen wuchs und wuchs, immer noch benommen betrachtete ich die wogenden Tausende um mich herum, und ich war überzeugt, daß ich diesen Reichtum von morgen an endgültig aus den Augen verlieren würde. Ich werde, dachte ich, die schwarzen und goldenen Ladenschilder in der Liulichang nicht mehr sehen und mir in den Wachttürmen der Großen Mauer nicht mehr einbilden können, ein ferner Trommelwirbel sei zu hören, ich werde nicht noch einmal durch die inneren Gärten der Verbotenen Stadt schlendern und nicht noch einmal den Duft der Lotosblüten im Sommerpalast riechen können. Aber zugleich wußte ich keinen Ort, vermeinte ich keinen Weg zu kennen, der von der Chang'an in die Welt führte, die ich verlassen hatte, keinen Weg, und ich wußte auch, daß China heute abend für mich zu Ende ging und daß zugleich nichts anderes beginnen würde. Nicht erst jetzt, in der Geschäftigkeit der Chang'an, sondern über der gesamten Geschichte meiner in Wochen

nicht meßbaren monatelangen Reise wölbte sich wie
eine schützende Kuppel etwas wie die außergewöhnliche Gnade der Einführung oder Einweihung, und deshalb konnte ich mir gar nicht vorstellen, daß mich das,
was mich hineingeführt hatte, auch wieder hinausleiten
würde. Schon da hätte ich sagen können, daß all das, wo-
rin ich mich jetzt in unverändert trägem Tempo bewege,
und das, was mein zurückgelassenes Heim ist, nicht ge-
meinsame Elemente ein und derselben Wirklichkeit sein
können, doch ich hielt mich an meinen gesunden Menschenverstand und versuchte Ordnung zu schaffen in
der Unmöglichkeit des Bleibens wie des Gehens.
Worum handelt es sich letzten Endes, sagte ich, mich in
meiner Unsicherheit beschwichtigend, um einen Abschied wie früher und anderwärts, einen Abschied, be-
teuerte ich mir, von China, von der reglos eilenden Zeit,
von dieser mit schroffer Grausamkeit durchwobenen
und unendlich verfeinerten Kultur, deren Schönheit gerade von ihrer zeitlichen Tiefe herrührt, wie auch in
einem mit sanfter Geste entfalteten Fächer sofort zweitausend Jahre sind. Ich habe wochenlang im Fieber
außergewöhnlicher Erfahrungen, in der außerordentli-
chen Anspannung des Verstehens, in einer ganz beispiel-
losen Welt der Zeitkontinuität, also in der Verblüffung
der früher nie in Erwägung gezogenen Möglichkeit ge-
lebt, daß die Grenzen der Wirklichkeit nicht in gleichen
Entfernungen zu den verschiedenen menschlichen Ge-
sellschaften gezogen sind, und so ist es kein Wunder,
wenn sich jetzt, versuchte ich meine unnütz erscheinen-

den Grübeleien zu beenden, da sich diese neuen Erkenntnisse mit den alten zusammenfügen müßten, dies nicht auf Anhieb gelingt. Ich dachte, dazu benötigte ich Frieden und Ruhe, und diesen Frieden, diese Ruhe werde mir der bevorstehende Abend geben. Ich dachte, die wundersame Landschaft, die ich hier gefunden hatte, werde nicht mehr verschwinden, ich müsse nur lernen, mich in ihrer phantastischen Struktur zurechtzufinden. In der Landschaft, dachte ich, die vollständig und unanfechtbar ist. Mir kam nicht in den Sinn, daß ich mich irren könnte. Und doch irrte ich mich. Die Landschaft war unanfechtbar, aber nicht vollständig. Etwas fehlte noch in ihr, und was es war, sollte ich an diesem durchaus nicht friedlichen und durchaus nicht ruhigen Abend alsbald erfahren.

Die Eintrittskarte, auf deren Rückseite mit Hieroglyphen die Anschrift des Theaters gekritzelt war, hielt ich immer noch in der Hand, bereit, sie dem Fahrer zu reichen, wenn er zwecks genauerer Bestimmung unseres Zieles erneut darum bäte, beim ersten Vorzeigen hatte ich nämlich den Eindruck gehabt, er habe sie nur oberflächlich gelesen, nur in dem Maße, wie es zur ungefähren Festlegung der Fahrtrichtung erforderlich war. Und ich muß sagen, bei meinen Mutmaßungen, was ich nun zu erwarten hätte, wohin ich eigentlich ginge und welche Art Theater mir geboten werden würde, konnte ich mich außer auf die Eintrittskarte, auf der mit Pinyin-Buchstaben immerhin auch die Anschrift stand, in Ermangelung eigener Erfahrungen auf nichts weiter stützen als auf das, was ich dem Resümee eines Ungarisch sprechenden Mitarbeiters meines Beijinger Gastgebers bezüglich der Handlung der Oper selbst entnehmen konnte. Beides, die Eintrittskarte und die Zusammenfassung, hatte ich erst im letzten Augenblick erhalten, kurz bevor man mich an jenem letzten Abend allein mit einem Taxi losschickte, deshalb dachte ich jetzt, während wir uns dem Ziel unserer Fahrt näherten und nachdem ich nochmals die Rückseite der Karte überprüft hatte (»Abend 7« und »Ji Xiang«), ich könne ja durchaus diese »Überblickliche Zusammenfassung«, wie der Verfasser seinen Text nannte, überfliegen, vorsorglich gleichsam.

In der Sanguo-Dynastie, las ich, die beiden großen Bögen in das in wechselndem Winkel einfallende Licht haltend, habe Dongzhuo despotiert, die Minister seien auf ihn böse gewesen, hätten aber den Mund gehalten. Der eine Minister, Situ wangrun, habe sich Dongzhuo vom Halse schaffen wollen, aber nicht gewußt, wie. Im Palast habe es ein Singemädchen gegeben, Diaochan, die gerne helfen wollte. Wangrun dachte sich eine Kettenmethode aus. Zuerst hielt er Diaochan wie seine eigene Tochter und versprach sie Lübu zur Frau, aber dann auch Dongzhuo, aber so, daß beide aufeinander neidisch und mißtrauisch waren. Dongzhuo ist Lübus Vater. Dongzhuo hat Diaochan schon als Konkubine, Lübu darf nicht treffen mit ihr. Als Dongzhuo die Minister in den Palast bittet, trifft Lübu heimlich mit Diaochan, aber da kommt Dongzhuo zurück und sieht alles, ist sehr böse, und Dongzhuo und Lübu sind böse aufeinander. Dann stehen bei einer butistischen Vorstellung die Minister auf der Lauer, und Dongzhuo kommt. Lübu mordet ihn.

Entgeistert blickte ich auf.

Wir hatten die östliche Ecke des Tian'anmen-Platzes erreicht, und weil aus unserer Richtung die Wangfujing nicht zugänglich war, fuhr das Taxi eine Straße weiter und nach rechts durch enge Gassen.

Ich will nicht behaupten, aus dem ungeschickten und doch anmutigen Sprachgebrauch und aus dem Inhalt hätte ich da schon den Klang der für mich später so unheimlichen und erhabenen chinesischen Kastagnetten, der grellen Becken und Gongs herausgehört, jedenfalls aber entnahm ich im leichten Beben des Wagens und in der stetig sich mindernden Helligkeit diesem Shakespeareschen Stoff sogleich, daß ich keinesfalls mit einem sanften Ausklang meiner Chinaeindrücke zu rechnen hatte, daß nicht die Rede sein würde von einem wehmütigen Abend, daß ... ich konnte mir nicht erklären, wieso, vielleicht, weil am Ende des Textes das »Lübu mordet ihn« so zuschlagend kam, so schroff und unerwartet, so schaudererregend ... wirklichkeitsgetreu ... kurz und gut, ich las auch heraus, daß ich ... vorsichtig sein mußte.

Die Fahrt durch die engen Gassen dauerte nur Minuten, und es war noch nicht sieben, freilich entsinne ich mich nicht, wieviel Minuten zur vollen Stunde fehlten, als mich mein schweigsamer Fahrer mit dem freundlichen Gesicht vor einem Hotel in einer Straße senkrecht zur Wangfujing absetzte. Er deutete auf eine Passage, dann schlug er einige Male nickend und lächelnd auf das Taxameter, signalisierend, jetzt müsse gezahlt werden. Mir fiel erst am Tag darauf ein, daß ich mir auf zwanzig Yüan nicht hatte herausgeben lassen, jedenfalls zahlte ich und näherte mich der Passage.

Um die Wahrheit zu sagen, es war nicht einfach eine Passage, sondern nur der Teil eines Durchgangs, denn auf der einen Seite reichte ein provisorischer Bretterzaun, der auf eine Baustelle hinzuweisen schien, bis zur Mitte der ohnehin schmalen Gasse, dem Eintretenden nicht mehr Platz lassend, als er mindestens benötigte. Ich gestehe, nach ein paar Schritten, und die mußte man durch Schlamm waten, unter dem Zaun rann irgendwoher Wasser hervor, nach ein paar Schritten also hielt ich es für möglich, daß sich mein schweigsamer Fahrer mit dem freundlichen Gesicht womöglich geirrt hatte, vielleicht hatte er die Anschrift nicht recht verstanden und mich, um seine Ratlosigkeit nicht zugeben zu müssen, irgendwo abgesetzt, einfach, um mich loszuwerden. Obendrein brannten die Straßenlampen nicht. Nach jedem Schritt war ich mir sicherer, daß ich am falschen Ort war.

Ein Theater? Hier? Unmöglich.

Dann war die Baustelle zu Ende, die Passage lag in ihrer vollen Breite vor mir, und gleich am Ende des Bretterzauns stieß ich auf ein schäbiges, aber beleuchtetes einstöckiges Gebäude. Über dem Eingang prangten vier handgemalte bunte Plakate, durch die eiserne Schwingtür ging gerade ein greises Ehepaar hinein, und drinnen standen, soweit ich es von draußen her mit einem Blick durch das Fenster beurteilen konnte, in einem kleinen Vorraum ähnlich greise Menschenpaare, kurz, es sah so aus wie ein Dorfkino im Ungarn der sechziger oder der neunziger Jahre. Ji Xiang? rief ich dem alten Ehepaar nach, sie für einen Augenblick anhaltend, aber sie lachten nur verlegen, offenbar wirkte ich mit meiner Aussprache und meiner großen Nase sehr possierlich, und verschwanden rasch in der Tür. Ich schaute zum Ende der Passage, alles war völlig dunkel, nur an der Kreuzung zur Wangfujing bemerkte ich wieder Menschentrauben und Licht. Mein letzter Abend in Beijing? Ach, egal, dachte ich und winkte enttäuscht ab. Ich stieg die zwei Stufen hinauf und betrat durch die eiserne Pendeltür das Foyer.

Ich ging zu einem Mann, dem ich ansah, daß er Kartenabreißer war, und zeigte ihm meine Eintrittskarte, fragend, ob ich hier am richtigen Ort sei, er hob sie nahe an seine Augen, nickte, riß den Kontrollabschnitt ab und deutete dann zur Tür, die in den Saal führte, alles sei in Ordnung, ich könne beruhigt sein, meine Eintrittskarte sei kontrolliert, nun dürfe ich hineingehen.

Der Saal glich den Sälen im uns vertrauten ärmeren Teil der Welt: rauh verputzte Wände, einfache Holzstuhlreihen, Abfälle auf dem geölten Fußboden, Hüsteln, abgestandene, säuerliche Luft und je ein an den Seitenwänden in großer Höhe installierter, riesiger, unförmiger Scheinwerfer. Im Zuschauerraum saßen fast ausnahmslos Greise, zumeist kahlgeschorene alte Männer und winzige, zerbrechliche alte Frauen, allesamt in stahlblauen oder grauen Maokitteln und Hosen, und als ich, meinen Platz (Reihe 3, Stuhl 7) suchend, über sie, die der Sicherheit halber immer wieder von neuem die auf die Lehnen ihrer Stühle geschriebenen Zahlen kontrollierten, hinwegschaute und dabei gelegentlich auch in das eine oder andere Gesicht blickte, gewann ich den Eindruck, sie seien vielleicht alle von demselben Ort gekommen, aus einem Pflegeheim, mit einem großen, biederen, schäbigen Autobus.

Sie plauderten fröhlich und aufgeregt miteinander, beobachteten dabei jedoch unverwandt die beiden unregelmäßig gedehnten Ellipsen, die das Licht der Scheinwerfer auf den verschlissenen roten Vorhang warf.

Auch ich begann, die beiden Ellipsen auf dem zusammengezogenen Vorhang zu beobachten.

Wir warteten, daß er sich öffnete und die Vorstellung begänne.

Und da fiel mir der zweite Abschnitt des Gedichts von Li T'ai-po ein.

An dem flammenschönen Zweig die Tautropfen tötet Duft. / Fee der Wolken und des Sturms quält dich auf dem Berge Wu. / Wer gelangt hinauf zu dir in den strahlenden Palast? / Kleine Schwalbe, dauerst mich, brauchst ab heut ein neu Gesicht, so oder in dieser Art, bei der vierten Zeile war ich ein wenig unsicher, doch dann hatte ich nicht nur keine Zeit mehr, mir die richtige Fassung einfallen zu lassen oder überhaupt eine Erklärung dafür zu suchen,

warum mich an diesem Abend dies zauberhafte Gedicht
verfolgte, überdies noch so fragmentarisch, und auch
keine Zeit, mich an die dritte Strophe des Gedichtes, den
Abschied, zu erinnern, die mir nach der zweiten irgendwie nicht reibungslos in den Sinn kommen wollte, zu alledem hatte ich keine Zeit mehr, denn auf einmal begannen die chinesischen Kastagnetten zu klappern, schrill
fielen Becken und Gongs ein, der Vorhang ging auf, genauer gesagt, er öffnete auf einen anderen, einen blauen
Vorhang, eine sonderbare Figur wirbelte zur Mitte, und
die Vorstellung begann.

Jetzt könnte ich sagen, schon das bloße Erscheinen des
Erzählers habe mich tief und nachhaltig beeindruckt,
denn meine bisherigen Erlebnisse mit der chinesischen
Oper waren nebelhaft, oberflächlich und mittelbar, aber
nicht darum handelte es sich, der fußlange, sandfarbene
Kittel, der lange falsche Bart vor dem bemalten Gesicht,
der Kopfschmuck von undurchsichtiger Bedeutung, die
gepreßte Stimme, die unablässig zwischen den hohen
und den tiefen Registern hin und her glitt, und bei alledem ein absolut unbewegliches Augenpaar, dessen
Blick sich langsam über den nicht abgedunkelten Zuschauerraum bewegte, nun, dies alles beeindruckte mich
nicht einfach, sondern gab mir auf der Stelle die Gewißheit, ich würde hier, heute abend, Augenzeuge unge-
wöhnlicher Ereignisse, wie der Erzähler sie versprach,
und wenn er in dieser erschreckenden Glissandosprache
sagt, ich solle mit ihm das Reich Diao-chans und Lü-bus
betreten, dann bleibt mir gar nichts anderes übrig,

dachte ich, in die unbeweglichen Augen blickend, als auf ihn zu hören. Und ich lauschte, ich folgte seiner Einladung, nichts mehr beschäftigte mich, weder der Klang des Gedichtes noch, wo ich mich befand, mit einem Wort, meine Aufmerksamkeit fesselte von nun an allein das Versprechen des Erzählers, was jedoch nicht bedeutete, daß ich wirklich vorbereitet war auf das, was ich zu sehen bekommen sollte, als endlich auch der blaue Vorhang aufging und ich blinzelnd in die Farbenpracht spähte, die mich auf der Bühne empfing. Diese Pracht kam so unerwartet und war so sehr das Gegenstück zur nach wie vor beleuchteten Ärmlichkeit des Saales, dem Hüsteln, dem säuerlichen Geruch, den grauen Blusen und den kahlen oder weißen Köpfen, daß ich glaube, darauf hätte man sich gar nicht vorbereiten können. Einander gegenüber, aber dennoch ungefähr einen Halbkreis bildend, standen je vier mit funkelndem Geschmeide behangene, in Silber, Grün, Rot und Violett gekleidete, außergewöhnliche Gestalten, die nach flüchtiger Reglosigkeit auf ein erneutes grelles Signal der Becken und Gongs Platz machten für eine respekteinflößende, bedrohliche Figur mit weißbemaltem Gesicht und rotem Mantel, die nun an der Spitze eines schwarzbekittelten Trupps in die Mitte trat. Im Hintergrund verbarg ein goldbestickter roter Stoff einen Thron und etliche Stühle. Vor dem hellblauen Himmel, der die Bühne abschloß, senkten sich zwei große und zieratreiche Lampen herab. Das Orchester setzte ein, und der Inhaber des

Throns – mir fiel der Name ein, Dong-zhuo – begann zu singen.

Nur sehr wenig hält mich von der Behauptung zurück, bei diesem ganzen Anblick hätte ich mich nicht als behextes Opfer eines gelungenen Zaubers gefühlt, sondern mir sei gleichsam das Blut in den Adern erstarrt, vor allen Dingen, weil ich da schon, sofort als Dong-zhuo sang, bemerkte, daß bei aller handlungsbedingten Unstetigkeit der Gesten und Positionen der Anblick immer der gleiche, ja derselbe blieb, nur daß in ihm eine Geschichte in Gang kam und ihren Lauf nahm, während die Vorstellung selbst darin bestand, daß die dort oben sich unserer Aufmerksamkeit aussetzten und wir hier unten sie hingebungsvoll bestaunten. Wie im zoologischen Garten, dachte ich, nur daß hier das Gitter fehlt.

Ich war verblüfft, ich war wie geblendet, und nachdem mir flüchtig der Sinn der Fahrt vom Zhaolong hierher durch den Kopf gegangen war, fühlte ich mich lange außerstande, irgend etwas auf die Waage zu legen und an der Vernunft zu messen, ich sah nur die auf der Bühne in überhöhten Hofschuhen tanzenden Gestalten und den prächtigen Aufzug der reichverzierten Kostüme, des Kopfschmucks und der Waffen, ich hörte die hysterischen Verbrämungen der vom Er-hu dirigierten und keine Ruhe findenden pentatonischen Melodien und lieferte mich zum Gellen der Becken und Gongs dem überwältigenden, in bläulichem Silber auftretenden Lü-bu aus.

Wann dann die benommene Anerkennung allmählich von dem immer nagenderen Argwohn abgelöst wurde, weiß ich heute nicht mehr zu sagen, bestimmt aber hockte nach Lü-bus zweiter Arie, die zweimal als Lohn für die unendlich reine und erstaunlich wandlungsfähige Falsettstimme von kurzem, regenschauerartigem Beifall unterbrochen wurde, in einem hinteren Winkel meines Gehirns bereits die vage Ahnung, daß in einer Beziehung dieser Abend schon über alle beliebigen großartigen, aber doch theatralischen Vorstellungen hinausreichte – diese nämlich war über alle Maßen perfekt. Ich begann, die Figuren und den Gleichklang zwischen den Bewegungen und dem Gesang zu beobachten, ich achtete auf die unnachahmliche Vollkommenheit der Harmonie von Drama und Musik im Tanz, vielleicht wäre hier oder da, bei nebensächlichen Fügungen wenigstens, ein leichtes Knirschen wahrzunehmen, eine Verfehlung im Tempo, eine Ungeduld, eine Verzögerung.

Ich entdeckte keinerlei Makel.

Danach bemühte ich mich minutenlang, ausschließlich die in den hinteren oder in den seitlichen Reihen oder vor den farbigen Himmeln stehenden Statisten zu beobachten, die mit teuflisch exakter Choreographie kommenden und dann wieder gehenden Soldaten des Gefolges, ob sie wohl zwischen diesen beiden Aktionen, dem Kommen und dem Gehen, als sie regungslos hinter ihrem Herrn Wache zu halten hatten, auch nur mit den Wimpern zuckten.

Ich saß nahe genug, um es sehen zu können: Sie zuckten nicht einmal mit den Wimpern.

Ich blickte auf meine Nachbarn, aber den erhitzten Gesichtern war nur Staunen abzulesen und eine spannungsvolle Mischung aus Verwunderung, freudiger Neugier und kindlichem Entzücken, keinem merkte ich an, daß er so betroffen gewesen wäre wie ich. Ich starrte in den Prunk der Bühne, ich sah Lü-bu, Situ wangrun, hinten Dong-zhuo und im Kreis die Minister, dann versuchte ich mich mit geschlossenen Augen in das komplizierte Geflecht einer schmerzlich klagenden Arie zu versenken, aber alles war vergebens, so sehr ich mich wehrte, ich mußte mich schließlich der Einsicht beugen und zugeben:

Dies sind keine Schauspieler.

Ich mußte alle Kraft aufbieten, nur auf das zu achten, was auf der Bühne geschah. Und auf der Bühne wird jetzt gerade Lü-bu vor den Statthalter geführt. Dong-zhuo spreizt sich auf dem Thron. Er spielt mit den eingeschüchterten Ministern, sie versuchen unter zahllosen Verbeugungen zurückzuweichen, aber es gibt keine Flucht, immer hat Dong-zhuo noch eine Frage an den, der gerade gehen will. Lü-bu tritt näher vor den Thron, aber Dong-zhuo tut so, als bemerke er ihn nicht. Er fährt fort, einen der Würdenträger zu traktieren. Da greift Lü-bu ein und verlangt von seinem Vater eine Erklärung, womit die Untertanen diese Behandlung verdient hätten. Aufgestachelt von der drohenden Schroffheit der Frage, verlangt der Statthalter von seinem Sohn ein zeremonielles Zeichen des Respektes vor ihm. Lü-bu kniet gedemütigt und zähneknirschend nieder. Dong-zhuo stimmt einen klagenden Gesang an, sein Sohn sei treulos und ihm keine Stütze, sondern ein Verräter und so der Mörder des eigenen Vaters. Lü-bu weist die Beschuldigung zurück. Dong-zhuo verlangt einen Beweis. Lü-bu schwört, für seinen Vater sei er zu allem bereit. Daraufhin fordert der Statthalter ihn auf, vor seinen Augen einen Minister zu töten. Lü-bu muß sich entscheiden: Entweder befolgt er den Befehl, oder er tötet seinen Vater.

Es war eine großartige, überwältigende, erstaunliche Geschichte, dennoch vermochte ich ihr nicht weiter zu folgen. Ich konnte meiner Erkenntnis einfach nicht glauben, aber ich war auch unfähig, sie zurückzunehmen. Was ist das für ein Spiel hier vor mir, überlegte ich. Was für eine Kraft spielt mit mir? Ich fühlte mich, als hätte es mich tatsächlich in ein Zauberreich verschlagen.

Und da schloß sich – unerwartet für mich, der ich die Ereignisse in der goldbestickten roten Dekoration nicht verfolgt hatte – der Vorhang, öffnete sich aber nach wenigen Augenblicken wieder. Die Bühne war leer, die empfindsamen Saiten einer Huqin wurden angeschlagen, dann erklang von fern, hinter den Kulissen, eine perlend klare und heitere Sopranstimme, die allmählich lauter wurde, als näherte sich die Singende über einen Gebirgspfad, und schließlich trat ein junges Mädchen auf die Bühne, es war von solcher Schönheit, wie sie nie jemand gesehen hat und nie jemand sehen wird.

Die Schönheit blendete mich einfach, noch heute, noch jetzt fällt es mir sehr schwer, Worte zu finden für die Weichheit der Schritte, die unendliche Sanftheit der Handbewegungen und das Lächeln, das so unfaßlich aus einem reinen Gesicht strahlte wie das Licht. Die junge Frau schien von unüberbietbarer Zerbrechlichkeit und lediglich aus soviel Stoff zusammengesetzt, wie er in reinem Atem enthalten ist; zugleich aber machte diese Zerbrechlichkeit sie offenkundig nicht schwach, sondern stärker als alles Lebendige, daran konnte es keinen Zweifel geben: während sie alles, was ihr unter die Augen kam, auszulöschen vermochte, war sie durch nichts zu tilgen. Süße lag in ihrem Blick, aber auch tausend Funken, ihre Stimme war leicht und von einem durchdringenden Wohlklang, urplötzlich, wenn die Melodie sich senkte, wurde sie unheilverkündend, als wäre ein unanfechtbares Urteil bekanntzugeben. Das porzellanweiß geschminkte Gesicht, die Stirn, die zart geschwungene kleine Nase, das frische Rot der Lippen und die beiden glühenden schwarzen Augen – sie war vollkommen und verhängnisvoll.

Sie kam in den Vordergrund der Bühne und blieb stehen, und zu den überleitenden Motiven des Er-hu begann sie ein neues Lied, eine besonders schöne Arie, die nach der sanften Melodie der Ankunft nun die Spannungsgeladenheit ihres Wesens erahnen ließ.

Ich könnte sie mit der Hand erreichen, dachte ich.

Ich könnte dich erreichen.

Reihe drei, Stuhl sieben bedeutete nämlich, daß ich

mich in ihrer unmittelbaren Nähe befand, ich hätte sie tatsächlich berühren können wie ein Idol, was ich zwar nicht tat, aber jedenfalls sah ich, sah ich deutlich jede Regung ihres Gesichtes. So konnte es geschehen, daß ich keine einzige Sekunde versäumte, als sie mir während des zweiten Teils der Arie auf einmal in die Augen sah. Unsere Blicke trafen sich sofort. Sie sah mich lange an und sang währenddessen, auch ich sah ihr lange in die Augen, dabei fühlte ich, daß ich gleich unter ihrem Blick einfach zerfallen würde, ich müßte den meinen endlich abwenden, müßte mich irgendwie stärken und vorbereiten, um dann, ja dann erneut in den ihren zu tauchen. Aber ich war nicht imstande, anderswohin zu blicken.

Dann ging sie von der Bühne, und ich wartete von da an nur darauf, daß Diao-chan zurückkehrte. Als sie wieder auftrat, suchte ich fieberhaft ihren Blick.

Doch sie sah mich nicht mehr an.

Vielleicht gab es auch eine Pause, vielleicht noch einen Aufzug, und bestimmt gab es an diesem Abend in diesem unermeßlich tiefen Drama des Hasses zwischen Vater und Sohn noch gewichtige Höhepunkte für Lü-bu und Dong-zhuo, im Kampf zwischen dem Respekt vor dem Vater und der Liebe, zwischen der Machtgier und der Liebe zum Sohn, ich jedoch empfand und sah nichts von alledem, meine Aufmerksamkeit galt einzig Diao-chan, ich war von ihr gebannt.

Dann schlossen sich die Vorhänge, erst der blaue, dann auch der rote, wieder vernahm ich den kurzen, regenschauerartigen Beifall, und dann bemerkte ich, daß die Besucher bereits hinausgingen. Ich stand auf und stolperte zwischen den Eimern, Besen und Schaufeln des vor sich hin pfeifenden Reinigungspersonals aus dem Saal, durch das Foyer, durch die eiserne Pendeltür hinaus in die Passage.

Ich suchte mir in zwanzig Schritt Entfernung einen sehr dunklen Hauseingang und stand dort länger als eine Stunde, diese Schwingtür des Ji-Xiang-Theaters im Auge haltend, bis ich ernüchtert einsah, daß es unnötig war, auf Gewißheit zu warten und die Tür zu belauern, ob sie vielleicht doch noch herauskämen. Von als Schauspieler verkleideten Göttern ist nicht zu erwarten, daß sie durch dieselbe Tür gehen wie ich. Höchstens aus einer Laune heraus.

Ich ging zu Fuß die Wangfujing entlang und wartete lange auf ein Taxi, dann wurde ich des Wartens überdrüssig, und weil er gerade kam, nahm ich einen Bus der Linie eins und fuhr zu meinem Quartier, das dem Hotel Zhaolong gegenüber lag. Ich kramte unter den ungarischen Büchern meines Gastgebers, ob ich nicht doch einen Li T'ai-po-Band fände, suchte nach den Klassischen Dichtern Chinas, nach dem Li T'ai-Po der fünfziger Jahre, in der Reihe »Lyra mundi«, aber ich fand nichts. Mein Gastgeber war nicht zu Hause, und ich konnte ohne die dritte Strophe des Gedichtes nicht einschlafen.

Die fiel mir erst am Tag darauf ein, auf der Fahrt zum Flugplatz, ganz unvermittelt.

Blüten und ihr süßer Dolch: voneinander glänzten sie. / Für sie fand der Kaiser stets Gesten voller Freundlichkeit. / Frühlingswind, davongeweht, ist voller Kummer ohne Maß, / hockt, an eine Wand gelehnt, tief hinten in seinem Haus, / summte ich gedankenverloren vor mich hin; und als sich die Maschine endlich in die Luft erhob, war mir, als hätte ich die Tore hinter mir zugeschlagen. Aber zuallerletzt möchte ich doch noch hinzufügen, möchte ich mit dem ungeschickten Liebreiz eines Mädchenromans so schließen und als eine Art Lehre zusammenfassend sagen: Wenn ich diese Tore auch zugeschlagen habe, ich kam als Gefangener frei.

VII

VERSÄUMTES GUANGZHOU   Unten in Beijing war es
genau dreizehn Uhr achtunddreißig, als die fahrplan-
mäßig von Nord nach Süd verkehrende Boeing mit
einhundertneunundsiebzig Chinesen und mir als ein-
zigem Fremden und Weißen an Bord in die Höhe
stieg; zehn Minuten später, hier oben ungefähr um
dreizehn Uhr achtundvierzig, verstummte der Flugkapitän, nachdem er die Flugdaten durchgesagt und
feierlich die überflüssige Mitteilung gemacht hatte,
unser Reiseziel sei Guangzhou, die Lautsprecher über
den Sitzen wurden ausgeschaltet, und die Reisenden
befreiten sich vom Druck der Sicherheitsgurte, um
sich bequem zurückzulehnen... ich ausgenommen,
der ich mich – und ich stelle mich wahrhaft nicht aus
einem Hang zu Übertreibungen heraus, sondern
unter dem Zwang der Wahrheit schon im ersten Satz
den anderen einhundertneunundsiebzig gegenüber –
weder befreit noch bequem zurücklehnte, sondern,
gegen dreizehn Uhr achtundvierzig, ganz im Gegenteil mit angespanntem Körper und ans Gurtschloß
geklammert, das Brummen der Triebwerke sowie
durch das ovale Fensterchen die rechte Tragfläche beobachtete, ob in dem großen Gleichklang nicht ein
alarmierendes Knirschen oder von den Flügeln her

ein auffälliges Knacken zu bemerken sei. Seit Jahren verzehrt mich ein allumfassendes, unbehandelbares, schweres Mißtrauen, eine quälende Kleingläubigkeit, ein peinigender Zweifel, ob nämlich die Mühle, die heute mahlt, auch morgen noch mahlen wird: und wenn wir dazu meine tödliche Angst vor dem Fliegen hinzunehmen – oder lassen wir die Feierlichkeit: meinen unverhüllten Schiß, und nun gehe ich bis zum Äußersten und erkläre mit einem scherzhaften Heidegger auf das unverblümteste: mein Gestrichen-die-Hose-voll-haben-Sein bedenken, dem, wie bei so vielen von uns, eine arglose Liebe zur Fliegerei, das heißt, eine rasch verfliegende heroische Naivität vorausging... nun, wenn wir also dies beides, das allgemeine Mißtrauen gegenüber der Mühle und meine zuvor beschriebene Haltung zum Fliegen, zusammennehmen, dann könnte das allein schon eine hinreichende Erklärung für meinen angespannten Seelenzustand geben – aber in diesem Fall handelt es sich nicht nur darum.

Schon auf dem Beijinger Flughafen, in der Wartehalle siebenundvierzig, hatte ich das Gefühl gehabt, man hätte uns anscheinend für eine Weile vergessen, und auch zehn Minuten vor dem Start hatte sich noch keine Stewardeß gezeigt, als wollte ich mit einhundertneunundsiebzig anderen in die freiwillige Verbannung und nicht, einem plötzlichen, vom Zufall inspirierten Einfall folgend, zu einem ziellosen *Sei's-drum!*-Ausflug aufbrechen; da schon, als wir dort saßen, wortlos, uns selbst überlassen, und einander musterten, ich meine apathisch wirkenden Gefährten und sie den in Halle siebenundvierzig selten zu beobachtenden Europäer, flüsterte mir etwas zu, die Linie des Yangzi Jiang zu überschreiten und sich weit von ihr zu entfernen, das Territorium des einstigen Königreiches Zhou hinter sich zu lassen, um bis zu den eigentlich nie beherrschten südlichsten Punkten vorzudringen, sich eigentlich vollkommen unvorbereitet bis an die Schwelle der nur aus oberflächlichen Gemeinplätzen bekannten Tropen zu getrauen, das sei zumindest unverantwortlich, eine *Alles-egal*-Mutwilligkeit, Eingehen eines möglicherweise echten Risikos, dessen Subjekt, ich, nicht einmal fähig sei, die dämmrigen Umrisse des Risikos seiner Entscheidung wahrzunehmen. Schon in der Wartehalle, während wir in gegenseitiger Neugier einander prüfend betrachteten, beschlich mich ein düsteres Vorgefühl, in dem sich zu dem schon vorher entstandenen Gemenge aus allgemeinem Mißtrauen und Flugangst ein weiteres Element gesellte, und dieses war das entscheidende, eine immer heftigere Unruhe, in die sich auf einmal, stechend und heiß, etwas wie Furcht mischte, womit könnte ich es vergleichen... vielleicht mit dem bis zum Überdruß bekannten Zustand eines Kindes, das allein im Haus geblieben ist und sich mitten in der Nacht nach bedrückendem Halbschlaf erschrocken im Bett aufrichtet, weil im dunklen Nachbarzimmer wohl etwas geknarrt hat, und nun lauscht es, starr und mit angehaltenem Atem, ob es sich wiederholen wird, und es wiederholt sich... nun, so ein dunkles Nachbarzimmer ungefähr waren für mich jetzt Guangzhou, der Perlfluß und das Südchinesische Meer, freilich, ja wahrhaftig nur ungefähr, jedenfalls begann es, wie ich sagte, schon in der Wartehalle, inmitten der eigentlich nicht apathisch, sondern eher gleichmütig Wartenden... aber so ging es, bis sich unvermutet früh der Flugkapitän zu Wort meldete, von dem ich auf das entschiedenste endlich einen klaren, eindeutigen Hinweis erwartete, der dann entweder diese ganze Sache mit dem Vorgefühl bekräftigen und mir sagen würde, was mir bevorstand, oder es als lächerliche Phantasterei hinwegfegen würde, und dann könnte ich aufatmen.

Doch der Flugkapitän sprach von nichts anderem als Höhe und Geschwindigkeit, Wetter und Flugdaten, kurz, er schwieg sich aus, während die Maschine unentführt ihrem Kurs dem Taihangshan entlang folgte, um rund eineinviertel Stunden später hinter der einstigen Provinz Yen über die Trennlinie zwischen den Fürstentümern Cin und C'i hinweg, etwa über den ehemals so ruhmreichen beiden Hauptstädten Kaifeng und Luoyang, den windungsreichen Fluß Huang He zu erreichen. Der Flugkapitän verriet nichts, und ich hatte das Gefühl, nicht nur er, sondern auch die einhundertneunundsiebzig Mitreisenden rundum schwiegen beharrlich über etwas, wobei ich allerdings, schon am Ostrand von Henan entlang

Richtung Hubei fliegend, feststellen mußte, daß ich keineswegs ohne Antwort blieb, wenn ich es mir recht überlege; denn wenn ich auch keinem Gesicht etwas abzulesen vermochte, mit dessen Hilfe ich diese beklemmende Ungewißheit des Südens in meinem Inneren hätte zerstreuen können, stärkten sie doch ganz unmißverständlich etwas in meinem Inneren, daß nämlich dieses Nichtwissen und diese Ungewißheit hier an Bord der nach Süden fliegenden Maschine im Grunde genommen allgemein sind – sie stärkten es und ummauerten es gleichsam mit ihrer nicht einmal gleichmütigen, sondern eher heiter-ungerührten Stummheit, als gebe es keine weitere Spielart unseres wortlosen Dialogs, in dem der eine nicht die tieferen Ursachen des Ausbleibens der Antwort und die anderen einhundertneunundsiebzig die Frage nicht verstehen können: nämlich was jemanden erwartet, der sich, sein Schicksal neuerlich ziellos aufs Spiel setzend, bis zu jener gewissen Schwelle der Tropen getraut.

Ich war also allein mit dieser unheilvoll wogenden Rätselhaftigkeit des Südens und mit einhundertneunundsiebzig Chinesen, die mir in meinen Augen nicht mehr apathisch und nicht mehr gleichmütig, sondern heiter-ungerührt suggerierten, gerade über den Süden lasse sich nichts anderes sagen als etwas sehr Ungewisses; ich hörte die Motoren der Triebwerke, und durch das ovale Fensterchen beobachtete ich den Flügel und natürlich die in achttausend Meter Tiefe

ausgebreitete Landschaft, mit größter Wahrscheinlichkeit augenblicklich gerade die wunderbaren Gipfel des Tongbai und des Dabie Shan, als wir uns
plötzlich in ein riesiges, zusammenhängendes Wol-
kengebilde bohrten, so daß von einem Augenblick
auf den anderen alles verschwand, die mutmaßlichen
Gipfel des Tongbai und des Dabie Shan, die Landschaft und beinahe sogar die Tragfläche hinter dem
ovalen Fensterchen. Die ganze Welt löste sich unvermittelt in ein Nichts auf, sie wurde unbeweisbar, un-
wahrnehmbar, irgendwie einfach hypothetisch, und
wir flogen von da an und sehr lange blind in dieser
Hypothese sowie natürlich in dem Glauben, das
werde schnell zu Ende gehen. Aber es ging nicht zu
Ende, und ich begann allmählich mein Gleichgewicht
zu verlieren, mir schwindelte, ich phantasierte, diese
Maschine fliegt ja gar nicht mehr, sie steht. Und so
angestrengt ich auch hinaussah in die fahle Dichte,
nichts gab mir einen Anhalt, wo wir seien, die Lautsprecher hingen stumm über unseren Köpfen, angestrengt brummten draußen die Triebwerke. Nichts
bot mir einen Anhalt, und nichts half mir bei der
Orientierung; aber es war, als hätte der geheime Len-
ker meiner Reise es so gewollt: daß ich, die Berge des
Tongbai und des Dabie Shan hinter mir lassend, auch
den Yangzi bei Wuhan nicht sähe, nicht die gewal-
tige, rätselhafte, sich dahinwälzende Flut, nicht zur
Rechten irgendein Licht auf dem Dongting-See, und
daß ich zwischen Hunan und Jiangxi das breite Fluß-

148

tal des Xiang Jiang erreichte, ohne auch nur zu ahnen, daß ich die realen Grenzen des Südens überschritten hatte.

Denn ich meinte sofort, ich gebe es zu, daß es sich hier um ein kunstvolles Verbergen der Grenze über dem Yangzi und nicht um einen Zufall handele, was sonst, zumal, so sagte ich mir, es beim Fliegen nun wirklich etwas ganz Normales ist, so, auf diese Weise, in Wolken verlorenzugehen. Das Gegenteilige, so dachte ich schlüssig weiter, das Gegenteilige bedürfte der Erklärung, ein klarer Himmel und sogenannte ideale Sichtverhältnisse, sagen wir, über tausend Kilometer hinweg, nur war ich mir inzwischen meiner Sache, daß nämlich jede Reise in diese Richtung von der einfachen Macht alltäglicher Rationalität befreit sei, völlig sicher. Ich witterte in dem nach Süden gerichteten Prozeß eine ganz feinsinnige Regie, eine schon in Beijing, in der Schweigsamkeit der Wartehalle siebenundvierzig spürbare taktvolle Dramaturgie, eine dämpfende, mäßigende, sanfte menschliche Aktivität, damit erträglicher sei, was uns alle im Süden überwältigen würde. Im Schweigen meiner Gefährten sah ich eine außergewöhnliche Eleganz, die Mitteilung, daß wir dort, wohin zu reisen wir im Begriff waren, keinerlei Schonung erwarten durften, und wenn man diese ordnende Zauberkraft des auf das ernsthafteste vermuteten Wohlwollens und Mitgefühls mechanisch auf unsere Grenzsituation ausdehnte, schien es selbstverständlich, daß die plötzliche anhaltende Eintrübung der Aussicht ein *Teil* der

Strategie gegenüber dem Süden war, ebenso wie der Umstand, daß wir den entscheidenden Schauplatz des Überschreitens aus den Augen verloren. Ich nenne es selbstverständlich, verstehe allerdings nicht, warum nicht unanzweifelbar, war doch, nunmehr in genauer Erkenntnis meiner Situation, klar geworden, daß es sich hier nicht um ein Spiel meiner Phantasie, nicht um irgendeine Überspanntheit und nicht, statt maßvoller Nüchternheit, um eine willkürliche Interpretation handelte, nicht darum, daß die Welt, in der die, von hier aus betrachtet, gewöhnliche Kausalität Gesetz ist, nicht existiert (doch, sie existiert), vielmehr verhielt es sich so, daß die Verdeckung der Grenze zum Süden über dem Yangzi die Realität war und daß unvermeidlich erkannt werden mußte, daß jetzt, in achttausend Meter Höhe, hinter dem Vorhang der dicken Wolkenkissen die Kulisse für die Passagiere nicht neu arrangiert, sondern deren Zustand verändert wurde, wobei von Grund auf andere Verhältnisse maßgebend waren.

Ich wußte durchaus, daß wir von nun an über Hunan flogen, wie jenes bis zum Überdruß vorgeführte Beispielkind weiß, daß es nebenan das gewisse dunkle Zimmer gibt, nicht wissen konnte ich jedoch, wie Hunan also beschaffen war, mußte ich mich doch unverändert auf Mutmaßungen über die Welt beschränken, demnach natürlich auch über Hunan, über das rasche Wasser des Xiang Jiang und darüber, ob wir links von uns bereits die westlichen Bergrücken des Luoxiao Shan erreicht hatten. Namen schwirrten mir durch den Kopf, früher zufällig aufgeschnappte Namen von Flüssen und Seen, Bergen und Städten, aber nicht nur, daß ich sie nicht mit irgendeinem Punkt der unsichtbar gewordenen Landschaft in Verbindung zu bringen vermochte, ich nahm einfach auch die Fortbewegung nicht wahr, wußte nicht, ob sich die Maschine tatsächlich vorwärtsbohrte; die Tatsache der Geschwindigkeit, der Bewegung, der Ortsveränderung war vollkommen unfühlbar geworden, was mich nach alledem nur in meiner Meinung bekräftigte, daß sich durch die achttausend Meter nicht der Ort veränderte, sondern die Situation dort unten, das Verhältnis der Dinge der Realität zueinander, die *Achse* in den Dingen, dachte ich achttausend Meter höher, blind, beklommen und sogleich hinzufügend: nun ja, sofern es wirklich so ist, also wiederum: vermutlich.

Eine Uhr hatte ich nicht, so daß es mir nichts nützte, daß ich den Flugplan kannte und mich an die Daten des Flugkapitäns erinnerte; aus dem Vergehen der Zeit ließ sich in bezug auf diese Situation nichts feststellen; und wenn ein launischer Zufall nun einmal die Rede darauf gebracht hat, möchte ich hier einflechten, daß ausgerechnet mit dem, was mir sonst hätte helfen können, mit dem Vergehen der Zeit in meinem Inneren, etwas passiert war, ganz sicher. Allmählich sind es zwanzig Jahre, daß ich keine Uhr mehr benutze, und allmählich sind es zwanzig Jahre, daß ich mich in der Zeit relativ selbständig zurechtfinde, womit ich meine, daß ich imstande bin, zu unterscheiden, wann es morgens um sieben und wann es morgens um acht ist, oder anders gesagt, an einem Sommernachmittag bringe ich vier Uhr und fünf Uhr nie mehr durcheinander. Ich erzähle hier nicht deshalb so ausführlich darüber, weil das nicht eine normale Veranlagung ist (das ist es), sondern weil mit dem Verschwinden der Welt nach dem Tongbai und dem Dabie Shan auch diese meine ganz normale Veranlagung verschwand, sich verflüchtigt hatte und auf einmal futsch war wie die Welt, so daß ich weder wußte, ob es morgens um sieben oder morgens um acht war, noch, wie lange es ungefähr her war, daß es den Tongbai und den Dabie Shan, die Grenze nach Süden und die Welt nicht mehr gab. Die Zeit begann in mir langsamer zu vergehen, wahrscheinlich in dem Maße, wie ich die Geschwindigkeit der Maschine in den Wolken abnehmen sah – das heißt, von der Zeitspanne, die meiner Ansicht nach die Maschine benötigte, um das Ziel zu erreichen, schien kaum etwas zu verrinnen, während die Gedanken in meinem Kopf in höchster Schnelligkeit hin und her zuckten. Draußen dröhnten die Triebwerke, drinnen dröhnten die Gedanken, ich hatte das Empfinden, die Maschine stehe geradezu, während sie mit einer Geschwindigkeit von neunhundert Kilometern aus Hunan in die letzte Provinz flog, nach Guangdong; kein Wunder also, daß ich danebengriff, so sehr man nur danebengreifen kann, als ich wieder durch das ovale Fensterchen in das Nichts der Wolken blickte und, auf diese defekte innere Uhr lauschend, befand, oh, bis zur Landung werde es noch lange, lange dauern. Das dauert noch lange, dachte ich, während das Flugzeug in diesem

Nichts aus Wolken plötzlich zu sinken begann, oh, noch lange, lange, und ich klammerte mich krampfhaft ans Gurtschloß, denn warum sonst dieses unerwartete, heftige Sinken, bleib ruhig, sagte ich mir unruhig, bestimmt sucht der Flugkapitän nur einen bequemeren Luftkanal, es wäre also verfrüht, und wir sanken tiefer und tiefer, wenn ich mich jetzt irgendwie aufregte. Es war nicht verfrüht, aber ich muß schon hier verraten: mich ein wenig aufgeregt auf dieses Abtauchen einzustellen, mich mit einer Art wachsender, angespannter Erwartung auf die Landung vorzubereiten, kurz, der behutsame Eintritt in die bereits erwähnte und mit Besorgnis erwartete tropische Struktur der Landschaft war schier unmöglich, so schnell spielte sich alles ab, das unvermutete Sinken, unser Heraustreten aus dem Wolkenkissen, das erschreckend tollkühne Manöver des Abwärtsgleitens bis zum Aufsetzen auf dem Boden; es war unmöglich, weil einfach keine Zeit blieb, als gewissermaßen auf den Flugplatz von Guangzhou hinabzustürzen, für alles andere hätte ein eigener Moment und selbst der Bruchteil eines eigenen Augenblicks gefehlt. So konnte es geschehen, daß wir schon über die Betonbahn des Flugplatzes rollten, als ich, mit großer Erleichterung gewahrend, daß ich nach diesem Sturz noch lebte, einigermaßen zu mir findend, dachte: in Guangzhou ankommen kann man also nicht, man kann nur in die Stadt hineinstürzen, und ich erinnere mich deutlich, noch während wir noch über die Landebahn rollten, schon da meinte ich das Hineinstürzen doppelsinnig – zum einen als verflucht draufgängerisches Hineinstürzen in den verflucht klein geratenen Flugplatz von Guangzhou, zum anderen als Hineinstürzen in die Landschaft, der man gleichsam sofort, als dem Wesentlichsten, konfrontiert ist. Wir rollten noch, als ich bereits zu begreifen vermeinte, daß unsere Landung am Perlfluß, die Art und Weise, wie sie sich vollzog, bei allem unerquicklichem Draufgängertum auch eine spielerische Erklärung war, eine Erklärung dafür, daß es in der Welt ausschließlich Tatsachen gibt und nichts sonst, in diesem Fall Guangzhou und nichts sonst, und für Tatsachen ist man entweder blind, oder man versteht sie auf einen Blick. Forschung hat keine Bedeutung, dachte ich in der ausrollenden Maschine, Bedeutung hat nur die Erkenntnis, der jedoch keinerlei zu ihr führende Forschung vorausgeht; zu den Tatsachen, sagte mir mahnend das in unserer Landung verborgene Gleichnis, führen keine Wege, zu den Tatsachen, wie Guangzhou eine ist, oder Gott, gibt es keine Einführung. Die Welt, überlegte ich beschwingt weiter, erleichtert, daß ich an Bord einer langsam rollenden Maschine lebendig über die Betonbahn holperte, die Welt ist unerschöpflich an erfahrenen und verborgenen Tatsachen, und in dem Geholper vermeinte ich zu begreifen, nachzudenken über eine Tatsache, mit beiden Beinen auf der Erde, nachzusinnen über sie in unaufhörlicher Grübelei, nachzuforschen, besessen und energisch, um es mit einem Wort, aber aus drei Richtungen zu sagen: eine Behauptung über eine Tatsache einzuführen, das bringt uns schlechthin weder dieser Unerschöpflichkeit noch der gesuchten Tatsache näher, sondern nur dem, was vor der Tatsache steht, so daß die Einführung wie in einer Erzählung nichts anderes ist als Rücksichtnahme, als die schonende Mitteilung, daß nun die Schonungslosigkeit einer Tatsache folgt, wie mir ja meine Gefährten, gewissermaßen als Einführung, mit ihrem Schweigen von Halle siebenundvierzig bis hierher mitgeteilt hatten, daß sie mir, sofern wir in Guangzhou ankämen, leider nicht würden helfen können.

Nun waren wir also in Guangzhou, und sie konnten tatsächlich nicht helfen; aber mit dieser Feststellung möchte ich nicht den Eindruck erwecken, als ob ich irgend etwas von Guangzhou begriffen hätte, als ob die Konfrontation mit der Tatsache, das vorhin analysierte Hineinstürzen in die Bekanntschaft mit Guangzhou, damit verbunden gewesen wäre, daß ich die Tatsache Guangzhou begriff – nein, damit ging es nicht einher, und meine Ankunft und mein gesamter Aufenthalt in Guangzhou, von den ersten Erfahrungen bis zu den letzten, führten auch nicht dazu, daß sich unter meinen Erfahrungen irgendeine Ordnung hergestellt hätte, keineswegs, in meinen Erfahrungen herrschte das absolute Chaos, und ich nutze die Gelegenheit, ein eigenes früheres Werk bezüglich eines ausgefallenen Essens im Escorial zu revidieren und hiermit zu erklären, daß für diese Erfahrungen das Fehlen eines Zusammenhangs kennzeichnend war, so sehr, daß es mir jetzt sogar schwerfällt, sie in eine Reihenfolge zu bringen, nämlich zu entscheiden, welche vorn und welche hinten sein sollen.

Vor allem aber fällt es mir schwer, zu verschweigen und gleichzeitig einzugestehen, was in meinem Inneren das bisherige düstere Vorgefühl ablöste, die geballte Angst, die auf einen Schlag endete, als – aus irgendeinem Grunde schon wegen des als Landung ausgegebenen Absturzes, über dem Erdboden – die Klimaanlage abgeschaltet wurde, um übergangslos Luft von draußen hereinzulassen; ich möchte dies verschweigen, denn die Rolle eines heldenmütigeren Abenteurers wäre mir natürlich lieber, aber wegen des Nachfolgenden muß ich auch zugeben: als ich, noch über dem Erdboden, gewissermaßen im letzten Augenblick aus den Wolken hervortauchend, die Landschaft *erblickte* und die Luft von draußen hereingelassen wurde und diese Luft pfeifend hereinzuströmen begann, da war mein düsteres Vorgefühl wie weggefegt – da stach Furcht in mein Bewußtsein, wie heftiger Schmerz in den Backenzahn, in meine Seele, mein Inneres, in das Wurzelwerk meines Wesens.

Ich erblickte, während wir darauf zu stürzten, dieses Land am Rande von Guangzhou, für den Bruchteil einer Sekunde erst die Bambus- und Palmenhaine, dann die erstarrten Rechtecke unter Wasser stehender Reisparzellen und schließlich, wie über sie hinwegschwankend, als winzige Punkte Bauern, bis zu den Knien im Wasser; ich schnupperte das bestürzende Aroma der pfeifend einströmenden Luft, füllte meine Lungen mit ihrer heißen und schweren Würze, konstatierte – und dies sage ich nach dem früher (im »Escorial«) Niedergeschriebenen nun zum zweitenmal so: – ihre tödliche Kraft und

wußte, daß ich tatsächlich an der Grenze der Welt angekommen war, jenseits derer eine neue Wirklichkeit,
richtiger: ein neues Reich der Wirklichkeit beginnt, und
gerade weil es nicht die Einzelheiten, sondern das Wesen
dieses Reiches war, das entscheidend anders war als alles,
was ich bislang unter den Reichen der Wirklichkeit zu
verstehen vermochte, packte mich Furcht, aber mit solcher Gewalt, daß ich mich nicht nur in Guangzhou nicht
von ihr befreien konnte, sondern sie mich bis nach Europa begleitete und auch hier nicht aufhörte und auch
hier lebendig ist – sie grundiert die Erinnerung an jeden
Augenblick in Guangzhou, hinterhältig, dunkel, dro-
hend. Es war eine radikale Furcht vor etwas wie...
Fremdheit – aber ich muß gleich anmerken, wie unzu-
frieden ich mit diesem Wort bin, obgleich ich es hinge-
schrieben habe, und nun soll es stehenbleiben; die Ursache meiner Furcht mit Fremdheit zu erklären, wie ich es
tue, taugt nämlich im Grunde genommen nur dazu, den
Bankrott meiner sogenannten Ausdrucksfertigkeit zu
verschleiern und meinen schweren, an diesem Punkt sogar einbruchartigen Rückfall in Sachen der sogenannten
sprachlichen Inventionen zu vertuschen, zu etwas anderem kaum; da jedoch die Feindseligkeit zuviel und die
Gleichgültigkeit zuwenig wäre, bleibt mir nichts anderes übrig, als lustlos, mich rechtfertigend, mangels Bes-
serem, aber doch zu behaupten: Dieser Geruch in der
Luft war fremd, diese Luft war fremd, diese Landschaft:
fremd war alles samt allem, zutiefst und unabänderlich
fremd.

Die Maschine kam zum Stehen . . . die Treppe wurde herangerollt, ich stieg als einhundertachtzigster aus und warf noch einen Blick auf das Cockpitfenster, ob ich zum Abschied den Flugkapitän herausschauen sähe (ich sah ihn nicht) . . . und in diesem gewichtigen, feierlichen Augenblick, zum realen und symbolischen Zeitpunkt meiner Ankunft in Guangzhou, endete auch schon meine Guangzhou-Geschichte, war abgeschlossen, bevor sie begonnen hatte – und das ist *wieder* kein Spiel mit Wörtern und netten Wendungen und noch entschiedener kein Spiel mit den jahrzehntelangen und dummen, also seit Jahrzehnten andauernden dummen, blutlos koketten Diskussionen der Literaturkastraten über die sogenannte Unmöglichkeit von Geschichten, denn statt nun, wie es bei Geschichten üblich ist, in denkbar irdischem Sinn auf die Beine zu kommen, kam diese Geschichte in denkbar irdischem Sinn nicht auf die Beine, sie war tatsächlich zu Ende, bevor sie losging; es war nämlich überhaupt unmöglich, und ich meine es so, *überhaupt,* daß sich von hier an irgendein Ereignis aus der Reihe der anderen heraushöbe und daß ich die Aufmerksamkeit auf eine im Verhältnis zu den anderen entscheidendere Dimension richtete, um mich auf sie zu konzentrieren, denn ich war nicht imstande, zwischen den Dimensionen irgendeinen Bedeutungsunterschied auszumachen, und weil es zwischen ihnen keinen Bedeutungsunterschied gab, stehe ich jetzt, wo ich wählen muß, womit ich beginne, vor den gleichen Schwierigkeiten wie damals, als meine Füße zum erstenmal den Boden, genauer, den Flugplatzbeton von Guangzhou berührten und ich mit meinem Handgepäck beladen samt den einhundertneunundsiebzig anderen zu Fuß zum vermuteten Punkt des Ausgangs gehen sollte. Ich stehe vor großen Schwierigkeiten, die Hindernisse sind wirklich zu groß für mich, und ich kann das Problem, wie die folgenden Ereignisse *aufeinander* geschrieben werden könnten, wirklich nicht meistern, ich muß mich ducken und diese Ereignisse schön *der Reihe nach* aufschreiben, was ich übrigens auch selbst als vielsagende, tragische, unverdiente Niederlage bewerte. Jedoch! Ich möchte jedermann mit Nachdruck ermahnen, die Strengeren inständig bitten und die Sanfteren ermahnen, nicht eine Minute lang zu vergessen: dieses Eingeständnis, das vorangegangene, über die Hilflosigkeit des Chronisten, ist keine Aufforderung zum Gesellschaftsspiel, wo der gewinnt, der als erster sagt, daß der Chronist doch, auch wenn er es leugnet, sein Problem mit der Wiedergabe der Gleichzeitigkeit und Gleichrangigkeit äußerst pfiffig gelöst habe, denn nein, der Chronist hat das Problem nicht gelöst, denn dazu ist dieser Chronist nicht fähig, und was die folgenden Ereignisse betrifft, so sind sie – wie immer es bisweilen auch scheinen mag – nicht Einzelheiten einer Geschichte, sondern lediglich parallele Elemente einer Tatsache, es gibt in ihnen keine Schlüssigkeit und keinen gelösten Zusammenhang, keine intime Klammer, kein Spiel, wie es auch kein Spiel war, und ich meine, kein Kinderspiel, als ich mit meinem Handgepäck beladen zu Fuß über den Flugplatzbeton zum Ausgang ging und den gleichzeitig und im Bewußtsein ihrer Gleichrangigkeit über mich herfallenden Ereignissen entgegensah.

Die Hitze war groß, überallher kam Wärme geströmt, und in ihr blichen die Farben aus.

Meine schweren Handgepäckstücke rissen mir fast die Glieder aus dem Leib, kaum daß wir uns zwanzig, dreißig Schritt von der Maschine entfernt hatten, schlich ich schon, mußte ich mich schon schleppen.

Die Luft hier unten hatte Mistgeschmack.

Mistgeschmack und irgendwie einen universellen Stallgeruch, genau umgekehrt, als es im »Escorial« behauptet wird, wo an den entsprechenden Stellen irrtümlich Mistgeruch und Stallgeschmack steht. Und in diesem Stallgeruch und mit diesem Mistgeschmack auf der Zunge bemerkte ich, während ich mich in die Richtung des Ausgangs schleppte, daß die ersten meiner Gefährten, die Flinkesten an der Spitze unseres ungeordneten Trupps bereits die beiden Gebäude erreichten, die ich, von weitem, aber nicht grundlos, für die zentralen Gebäude des Flugplatzes hielt, und um eine Biegung im rechtsseitigen verschwanden, das mit seinem offenen Gebälk und seinem flachen Bambusdach am ehesten noch an einen vernachlässigten Schuppen erinnerte. Als dann auch ich zu dieser Biegung gelangte und den anderen folgen wollte, mußte ich auf halbem Weg in der Biegung vor einem kleinen Schild innehalten. Auf dem Schild stand, ich solle dieser Richtung nur dann weiter folgen, wenn with baggage, sofern ich without baggage sei, entgegengesetzt, also geradeaus, dicht an dem schuppenähnlichen Gebäude entlang über etwas wie einen mit einem Drahtnetz abgetrennten Hof bis zu einer Gartenpforte, ich solle dort den Haken, mit dem die Pforte verschlossen sei, ausheben, in die von außen gegen die Pforte lastende Masse der Einheimischen treten, die Pforte hinter mir schließen, zurücklangend den Haken einhängen, mich hernach durch den aufgeregten Krawall, den mein Erscheinen bei der Masse auslöse, drängen, meinen Freund, den ich besuchen wolle, suchen, bemerken, wie er mit seinen europäischen Abmessungen auf einmal aus all den kleingewachsenen Südländern herausrage, und ihn dann aufatmend in die Arme schließen, ich solle Erleichterung empfinden, damit sei Schluß mit allen hysterischen Elementen dieser Reise, und endlich könne meine wirkliche Guangzhou-Geschichte beginnen. Ich befolgte die Anweisungen des Schildes, aber ich muß sagen, als ich in der halben Biegung umkehrte, befolgte ich sie wirklich schweren Herzens, denn es war gleichbedeutend damit, daß ich mich endgültig von meinen Gefährten trennte, denn unter den einhundertneunundsiebzig war, wie sich nun herausstellte, nicht einer, der wie ich, der einhundertachtzigste, die annähernd zweieinhalbtausend Kilometer lange Reise zum vermutlich gefährlichen Tor des Südens, über die letzten Grenzen einer für uns noch sinnvollen Wirklichkeit hinaus, mit nur zwei, wenngleich prall gefüllten, aber eben doch *Hand*gepäckstücken angetreten hatte, also mit der in dieser Gegend ein wenig ungewöhnlichen Zuversicht, oder soll ich sagen: in dem blinden Glauben, er könne von hier, von diesseits dieser Grenzen, ohne weiteres zurückkehren. Schweren Herzens also machte ich in der Biegung kehrt, und ohne jeden Übergang, urplötzlich, im Handumdrehen, stand ich allein da, so daß ich nicht weiß, was im folgenden aus meinen Gefährten geworden ist, sie verschluckte, for baggage, das Dämmerlicht des Schuppens, und ich befolgte die Anweisungen des Schildes, freilich nur, so weit es möglich war. Denn wenn bis zur Gartenpforte auch alles wie geschmiert ging, denn ich befand mich ja ganz allein in dem hofartigen Durchgang, und mit den beiden Gepäckstücken balancierend, war ich selbst mein einziges Hindernis, so hatte ich von der Gartenpforte an größte Schwierigkeiten, mich an die Anweisungen zu halten. Nicht daß ich mich mit dem Haken hätte herumschlagen müssen; ich hatte vielmehr die Pforte so zu öffnen und hinter mir zu schließen, daß das nervös vibrierende, aneinandergepreßte, wogende Volk von Guangzhou sie nicht zudrückte oder gar, mich mit sich reißend, in das zweifellos verbotene Gebiet eindrang, und das würde schon in Anbetracht meiner beiden schweren Gepäckstücke, mit denen ich ohnehin nur seitlich ausscherend gehen konnte, meine Fähigkeiten – ich durchschaute es sofort – übersteigen. Sofern mir nicht irgendwas einfällt, dachte ich; nur fiel mir beim besten Willen nichts ein, nicht der Anflug einer Idee, mit der ich mich hätte aus der Klemme ziehen können; in dieser Hitze, in diesem Stallgeruch, allein in diesem staubigen Hof war mein Gehirn wie gelähmt – andererseits ging es nicht an, daß alles so und ich hier bliebe, ich drinnen, sie draußen, mir gegenüber. Ich setzte also die eine Tasche ab, hängte den Haken aus, drückte mit aller Kraft die Pforte auf, ging aus dem Weg und ließ alle hereinströmen, die wollten, ich warte, dachte ich, bis der Druck der Massen an Kraft verliert, dann werde ich schon irgendwie hinauskommen. Ich weiß nicht, ob jemals irgendwer am Flugplatzausgang von Guangzhou versucht hat, die Mauer der Einheimischen zu durchbrechen, mir gelang es nur mit Mühe und Not; es begann damit, daß das vorausgeahnte und eingetretene Eindringen des Volkes von Guangzhou durch die geöffnete Pforte überhaupt kein Ende nehmen wollte, es setzte sich fort mit meiner immer tieferen und, ja, immer lächerlicheren Hilflosigkeit, wie ich ohne einen ernsthaften Entschluß in der Hitze an der Peripherie der Flut stand, die beiden Taschen hingen und pulsierten in meinen Händen, und in meinem Kopf hingen und pulsierten die Gedanken. Dann begriff ich auf einmal, aus irgendeinem Grund wurde die von mir geöffnete Pforte hier so interpretiert, hier darfst du, hier kann eintreten, wer will, der Weg ist frei – und da, endlich, reifte in mir ein ernsthafter Entschluß, mich gegen den Strom stemmend, ging ich los, sah aber nach einigen Augenblicken ein, daß die Absicht herzlich wenig galt, wenn ich hinaus wollte, würde ich kämpfen müssen. Kurz und gut, ich keilte mich in die Menge, und auf welche Weise ich mich aus ihr hinausgekeilt habe, weiß ich nicht mehr, jedenfalls hatte ich, während ich mich durch die wimmelnde und wogende Masse vorwärtszubewegen versuchte, aber immer wieder stocken mußte und zurückstrudelte, um wieder und wieder von vorn zu beginnen, das Gefühl, es wirble mich seit ewigen Zeiten unter ihnen herum, obgleich alles vielleicht nur Minuten dauerte; aber ich hatte auch das noch schlimmere Gefühl, es werde mich hier für ewige Zeiten herumwirbeln wie in einem Fiebertraum, aus dem es einfach kein Erwachen gibt.

Es gab das Erwachen, irgendwoher tauchte auch mein Freund auf, wir schlossen uns in die Arme – nur die Erleichterung blieb aus, das Aufatmen, denn diese Ankunft war nicht so, wie ich sie mir erhofft hatte, und die hysterischen Elemente meiner Reise – Hindernisse für eine wirkliche Guangzhou-Geschichte – klangen leider nicht wirklich ab, sondern nur in einem rasch schwindenden Anschein. Ich atmete schwer in der drückenden Hitze, und ich schwitzte, noch nie war mir, ich meine es wörtlich, das Wasser so vom Leib gelaufen, mein Trommelfell pochte beharrlich in dem schonungslosen Krach aus Autohupen, schrillen Rufen, Vogelgekreisch, Flugzeuggedröhn und einem tiefen, hinter all diesem verborgenen Tösen; es war, als kochte man in einem Höllenkessel auf einem furchterregend dröhnenden Feuer. Mein Gastgeber mit seinen nahezu zwei Metern Körperhöhe überragte die Einheimischen wie ein Turm, und als er mir entgegenkommend das Gepäck abnahm und es, als wollte er auf diese Weise ungewollt ein wenig seine Kräfte demonstrieren, auf dem Weg zum Parkplatz leicht zu schwenken begann, beide Taschen in einer

Hand haltend, hätte ich glatt glauben können, neben einem solchen Riesen, der mein schweres Handgepäck so durch die Luft wirbelt, kann mir nichts passieren, da mag Guangzhou noch so fremd und der Süden noch so furchteinflößend sein. Das hätte ich glauben können, freilich, wenn ich nicht gleich im ersten Augenblick bemerkt hätte, wie aufgewühlt und konfus dieser Riese war, obendrein hatte ich den Eindruck, aus Feinfühligkeit meide er eine Erklärung für diese Aufgewühltheit und Konfusion oder zumindest für deren Hintergrund; wir kamen auf den Parkplatz und blieben vor einem okkergelben Mercedes stehen, er setzte auf ungarisch zu einem Satz über irgendein Flugzeugunglück an, dann schüttelte er den Kopf und wechselte in ein gebrochenes Englisch über two days... but... what can I say, um schließlich und abschließend, als wolle er sich mit der Angelegenheit nicht länger befassen, nur noch hinzuzufügen, er sei sehr erfreut, und er zeigte erklärend auf sich selbst, very happy, you know. Aus dem ockergelben Mercedes – dem Dienstwagen meines Freundes, wie ich später erfuhr – sprang ein ockergelbhäutiger, magerer junger Bursche, wenige Augenblicke später schlossen sich die Türen des Mercedes, und damit hörte auf geradezu ohrenbetäubende Weise alles Hupen, Kreischen, Schreien und Flugzeuggedröhn auf, wie abgeschnitten. Der junge Bursche betätigte den Anlasser, hauchzart kam der Motor in Funktion, ich versank im Rücksitz, der Wagen setzte sich lautlos in Bewegung, durch den Dschungel, um den Flugplatz, dem Herzen der Stadt entgegen, und eigentlich da besiegelte es sich, während ich in der übermäßigen Kühle dieses Mercedes immer wieder von einer Gänsehaut heimgesucht alles bedachte, Mistgeschmack und Stallgeruch, die Hitze und die bedenkliche Feinfühligkeit meines Freundes, alles vom erschreckenden Strom der Einheimischen bis zu den von heißen Dämpfen ausgeblichenen Farben, da eigentlich, in dem stumm und langsam dahinhuschenden Mercedes, als ich den vom Purpur der Scheibe in einem traumartigen Dämmerlicht schwimmenden Dschungel, den vor uns sich schlängelnden Pfad und entlang dem Pfad die Gruppen Herumlungernder beobachtete, wie sie versuchten, einen Blick durch das verspiegelte Fenster des unablässig zum Langsamerfahren genötigten Wagens zu erwischen, da entschied es sich: *ich will nicht* in das Herz von Guangzhou, *ich will nicht,* daß man mich dorthin bringt, von nun an ist das Ziel aller Reisenden das Gegenteil von meinem Ziel – nicht ans Reiseziel zu gelangen und die Besichtigung des Südens in alle Ewigkeit zu verschieben.

Da entschied es sich; aber das bedeutet nicht, und hier kommt schon wieder eine wichtige Ermahnung, daß ich mir der entscheidenden Minute bewußt gewesen wäre, es gab überhaupt nichts, dessen ich mir bewußt war, mein Bewußtsein arbeitete nicht, mein Bewußtsein war gähnende Leere und leeres Pulsieren; nicht von meinem Entschluß hing es ab, was mit mir passieren würde, denn von da an hing nichts von meinem Entschluß ab, alles in mir hing ab von der radikalen Furcht, mit der mich meine Instinkte vor dem Herzen von Guangzhou schützten – und natürlich hing alles von Guangzhou ab, ob eine solche Furcht als Schutz ausreichen würde, ob ein solcher unbewußter Widerstand hier überhaupt zählte. Kurz und gut, Schutz und Widerstand, diese Kräfte arbeiteten in meinem Inneren, und ohne von der Entscheidung, die nein zu Guangzhou sagte, zu wissen, glitten wir still Guangzhou entgegen, ich betrachtete die Fußgänger am Rand des Pfades, wie sie mir, blind von der verspiegelten Scheibe, aus nächster Nähe ins Gesicht starrten, und ich hatte keine Ahnung, daß ich sie nicht mehr sehen wollte, auch nicht den Pfad, den schmalen Pfad mit den unablässig uns entgegenschlagenden Palmenzweigen, deshalb nicht, weil die Kräfte des Schutzes und des Widerstands befürchteten, daß dieser Pfad und diese Fußgänger und diese Palmenzweige allesamt in ein und dieselbe Richtung führten, zum gesuchten und verbotenen Herzen, zum nahenden und von mir abgelehnten Herzen der Stadt. Denn in dieser Dualität vergingen von da an alle Stunden, nämlich zu betrachten und dabei nicht zu sehen, was ich betrachte, mich anzunähern und sogleich abzulehnen, unablässig einen Sinn hinter dem Sichtbaren zu suchen, aber vor dem Sinn sofort zu fliehen, bevor er noch irgendwie Form annähme. Schon in der ersten Stunde gab es reichlich Beispiele für diese Dualität.

Der Pfad, um damit zu beginnen, führte hin und wieder durch dörfliche Siedlungen, und vor den erbarmungswürdigen Hütten dieser Siedlungen erblickte ich hier und da eine merkwürdige Gruppe Hockender, die beim Auftauchen unseres Mercedes wie auf ein Zeichen alle verstummten, mit dem Körper etwas verdeckten und zu Salzsäulen erstarrten, nur ihre Blicke hafteten an uns und folgten unserer Fahrt, bis uns die nächste Kurve verschluckte; das alles entging mir nicht, aber eine Frage, wer sie seien und was sie im Hocken vor den Hütten machten, die Frage, was sie vor meiner Person zu verstecken hätten und warum, die Frage also, wer ich denn sei in ihren starren Augen, stellte ich meinem Gastgeber nicht, und nicht nur deshalb nicht, weil er da, in diesem Mercedes, wahrhaftig noch genug Sorgen mit sich selber hatte, mußte er doch einen Weg zwischen gebrochenem Englisch und gebrochenem Ungarisch ausfindig machen, sondern auch deshalb nicht, weil das Selbstschutzsystem in den Tiefen meiner Seele befand, diese Frage führe womöglich allzu nahe zu dem, was auf das entschiedenste zu meiden sei. Dann schlängelte sich der Pfad auf einmal in eine städtische Landschaft, um vor dem Portal eines hohen Gebäudes zu enden; der Mercedes hielt, wir stiegen aus, und mein Gastgeber komplimentierte mich, nachdem er unseren ockergelbhäutigen Kraftfahrer in seiner speziellen ungaroenglischen Sprache mit einem Auftrag weggeschickt hatte, hinein, indem er sagte, komm... my friend... this is my... Haus... please, you know. Wir fuhren mit dem Fahrstuhl zum fünfzehnten Stockwerk hinauf, wandten uns nach rechts und blieben einen Augenblick im dunklen Flur stehen, mein Freund durchforschte seine Taschen nach dem Schlüssel, dann, als er ihn gefunden hatte, grüßte er einen dicken und in der Hitze fast gänzlich unbekleideten Nachbarn, der in der geöffneten Tür der Wohnung zur Linken saß und in der Hand langsam einen bemalten Fächer bewegte. Er wirkte seltsam, dieser feiste Nachbar, wie er in nichts als einer Drillichhose geduldig in der Hitze vor sich hin kochte und uns angrinste, während sich langsam der Fächer in seiner Hand bewegte, und genauso seltsam wirkten auch die acht oder zehn Gestalten, die ich im Dämmerlicht der Wohnung ausmachen konnte, wie sie sich, den Schweiß abwischend, in dichtem Zigarettenqualm angespannt über einen Tisch beugten, aber am seltsamsten wirkte auf mich der Wohnungseingang, der seine Aufgabe von rätselhaftem Sinn, geöffnet und gleichzeitig geschlossen zu sein, mit der erschreckendsten Virtuosität, mit einer mir bedrohlich erscheinenden Logik löste, die massive Tür stand nämlich – wahrscheinlich des Luftzuges wegen – angelweit offen, den Zutritt versperrte aber ein davor angebrachtes, sorgsam mit Vorhängeschlössern ausgestattetes, stabiles Eisengitter. Ich hätte fragen können, wozu das alles, denn wenn so viele zu Hause sind, warum muß man dieses Zuhause dann mit so komplizierten Tricks geschlossen halten, ich hätte fragen können, wer die da hinten im inneren Dämmerlicht sind und über was sie sich im Qualm so angespannt beugen, ferner, wer der hier ist, vorn, dieser aufgedunsene, grinsende Torwächter mit dem Fächer; doch als ich sah, daß die Tür der Wohnung zur Rechten, also die unsrige, ein noch imposanteres, ein sogenanntes Fischgrätengitter schützte, hinter dem die eigentliche Tür erst nach dem Aufschließen von vier Schlössern durch kräftiges Beiseitereißen zugänglich wurde, sagte ich kein Wort, ich fragte nichts, ich begnügte mich mit dem, was ich diesbezüglich den Worten meines Freundes entnehmen konnte, der, nachdem er auch den letzten passenden Schlüssel im Schloß herumgedreht hatte, mir den Vortritt lassend, mit einem Blick auf den Nachbarn immerhin ungefragt verriet, ma–dong... you know... good friends, very good friends... but... geh nur schnell hinein... geh nur voraus... because... müssen wir zumachen, er schloß die Tür und deutete in die Luft... the aircondition, you know. Schließlich erging es mir ebenso mit dem, was in meinen ersten weiter schweifenden Blick hineinpaßte, als wir nach einer kurzen, erfrischenden Dusche und einem Whisky mit Eis auf den Balkon traten, damit mir mein Gastgeber die Gegend zeigte und wir uns, vom Whisky ein wenig entspannt und die Ellbogen bequem auf die Brüstung gestützt, darüber unterhielten, wie schwierig es sei, tatsächlich, plötzlich von einer Sprache zur anderen überzuwechseln. Die Landschaft war aus dieser Höhe nahezu ohne Einzelheiten, und so war die Landschaft nichts anderes als das ahnungsvolle Grün des feinen Dschungelreliefs, der ausbleichende Samt von Schattierungen im entrückenden Raum und über all diesem als Summe von Luft und Licht ein feuchter, dunkler, dämmriger Dunst, der sich wie eine zornige Regenwolke ohne Unterlaß herabsenkte auf dieses feine Relief, dieses ahnungsvolle Grün, diese die Einzelheiten auflösende samtige Ganzheit des Dschungels. Das heißt: nein!, es gibt hier doch Einzelheiten, bemerkte ich unvermutet, unten, ganz in unserer Nähe, unmittelbar unter unserem Gebäude, könnte ich sagen, erblickte ich einen Schienenstrang, und gleich darauf erklang, wie als theatralische Bestätigung meiner Entdeckung, ein Signalhorn, ein Zug kam zum Vorschein und entfernte sich in östlicher Richtung, nur das melodische, langgezogene Tuten widerhallte noch lange über dem Dickicht aus Palmen, Bambus und Banyanas. Der Abendzug nach Hong Kong, meinte mein Gastgeber, aber mich konnte die Erwähnung der so nahen geheimnisvollen Insel, daß sich nämlich das höllische Paradies gefährlicher Poesie hier befinden sollte, tatsächlich hier, vielleicht keine Stunde entfernt, nun, diese warnende Nachricht konnte mich nicht in Aufregung versetzen, denn als ich meinen Blick ziellos über den Platz vor unserem Haus streifen ließ, entdeckte ich etwas, gewahrte ich plötzlich, ein wenig rechts von uns, eine tote Variante der lebendigen Eisenbahnstrecke nach Hong Kong, ein weiteres Schienenpaar neben dem Hong-Konger, ein Stück verliefen sie gemeinsam, auch noch an unserem Haus vorbei, aber fünfzig oder sechzig, aus unserer Höhe von fünfzehn Stockwerken konnte ich es nicht genau abschätzen, vielleicht hundert Meter weiter sah es aus, als hätte sich das näher beim Haus befindliche Schienenpaar auf einen Kampf mit dem Dschungel eingelassen, ihn aber nicht durchgestanden und kapituliert, es endete unvermittelt, während das andere frei in Richtung Hong Kong weiterlief, bei diesem hier hatte sich der üppige Unterwuchs über die letzte Schwelle gelegt, und die beiden Schienen bohrten sich in den Boden, kurz, dieser tote Strang hier vor dem Haus (und da dachte ich auf einmal: *mitsamt allen toten Zügen...*) rannte ins Nichtsein. Ich betrachtete das alles, ohne meinen Freund zu unterbrechen, der mir die Sprachschwierigkeiten erklärte, ich zeigte nicht hinab und fragte auch nicht, was denn wohl mit dieser toten Strecke da unten passiert sei, die toten Züge erwähnte ich erst recht nicht, ich bat ihn nicht, mir von der Kraft des Dschungels zu erzählen, denn wenn ich hinabblickte, sah ich ja an der traurigen Geschichte dieses Schienenstranges selbst, was es heißt, dem Dschungel zu unterliegen, und ich fragte auch nicht nach den Gründen, warum etwas seinen Sinn verlor, das vorher einen Sinn besessen hatte, ich war nicht neugierig, weil mir schien, der, der antworten müßte, sei ebenfalls ratlos – zusammenfassend also: wie im Falle der Hockenden in den äußeren Siedlungen von Guangzhou, wie im Falle des offenen Gitters vor dem inneren Dämmerlicht in der Nachbarwohnung, so spielte sich auch hier und jetzt, im dritten Fall, im dritten Versuch der ersten Stunde alles auf die gleiche Weise ab, daß mir nämlich die ständige Alarmbereitschaft meiner Aufmerksamkeit ein Signal gab; ich hätte auf die Hockenden, auf das Gitter, auf die Schienen, auf das Herz von Guangzhou, auf die Landschaft, auf den Süden mit seiner immer klareren Bedeutung zugehen können, aber ich ging nicht, ich zuckte zurück, ich hielt inne und floh, und während ich floh, gab diese ständige Alarmbereitschaft meiner Aufmerksamkeit natürlich wieder und wieder Signale, so daß ich erneut zurückzuckte und weiter floh, weg, mit dem Rücken zur richtigen Richtung, das heißt, nur möglichst weit weg von der Achse der Landschaft, nur möglichst weit weg vom Wesen des Südens, vom abgelehnten, unheimlichen Herzen von Guangzhou, nur möglichst weit weg.

Nur weg, möglichst weit weg, wimmerte es von da an in meinem Inneren, aber gleichzeitig wurde immer deutlicher, daß ich mich dem, wovon ich mich zu entfernen versuchte, immer dichter näherte.

Es klingelte an der Tür, und unser Kraftfahrer, von seiner Mission zurückgekehrt, berichtete mit sichtlicher Freude, alles sei in bester Ordnung, wir könnten losfahren. Nach einer etwa zehn- bis zwölfminütigen Autofahrt hielten wir vor einer Baulichkeit an einem Teich, dem berühmten Restaurant Röhrender Hirsch, wie ich erfuhr, wo mir mein Gastgeber feierlich mitteilte, nun wolle er mich an diesem ersten Abend in die echte Kunst der südlichen Küche einführen. Wir traten durch den mit bunten Neonröhren beleuchteten Haupteingang, aber das uns zur Seite gegebene Personal führte uns nicht etwa zu einem Tisch, unverzüglich und übereilt, sondern hin und her, kurvenreich, erst in einen kleinen Bambuswald, weiter unter einem Wasserfall durch, dann über ein Balkengerüst zur anderen Seite eines kleinen Baches und zum verschilften Rand des Teiches, hierauf – an einmal rechts, einmal links auftauchenden Pavillons, Lagerbauten und von sulzigen Algen überzogenen schlafenden Becken vorbei – zur rückwärtigen Seite eines Steingebäudes, durch dessen offene Tür ich vier oder fünf riesige Kessel erblickte, daneben halbnackte Jungen, wie sie mit langstieligen Schaufeln im immer wieder hoch aufwogenden Dampf Grimassen schneidend irgend etwas umrührten. Wir gingen noch lange zwischen Pavillons, Lagerbauten und von sulzigen Algen überzogenen schlafenden Becken herum, bis uns das uns zur Seite gegebene Personal schließlich in einem abgesonderten kleinen Bau inmitten einer achteckigen, verglasten Terrasse unseren Tisch zeigte, aber mir war schon vorher durch den Kopf gegangen, mit diesem Lokal stimmt irgend etwas nicht; ich bin nicht dort, wo sie behaupten, daß ich sei, und das ging mir durch den Kopf, bevor man uns unseren Tisch zeigte, ungefähr, als ich rechterhand ein zweimannhohes, riesenhaftes Aquarium erblickte, in dem sich auf unsere Teller erpichte Meerestiere, angeführt von Krebsen, Muscheln und Tintenfischen, in unglaublichen Mengen auf uns zu bewegten und ich überrascht registrierte, wie dicht und trübe das Wasser in diesem verdammten Aquarium war, nun, ungefähr da war ich schon zusammengezuckt bei dem Gedanken, daß mit dem allem, was hier als Küchenkunst ausgegeben werde, nur etwas anderes verschleiert werden solle, daß dieses den Verheißungen nach angenehme Restaurant, diese unzähligen Lagerbauten, Bambuswälder und schlafenden Becken *nicht* den Zwecken dienten, denen sie ursprünglich dienen sollten.

Aber welchen Zwecken sollten sie wohl ursprünglich dienen?

Darüber dachte ich viel nach, während wir das im übrigen wirklich außergewöhnliche Essen – von der Schildkrötensuppe bis zu den roten Krebsen – verzehrten. Geheime Teehäuser in den Pavillons? Unterirdische Hinrichtungsstätten? Verbotenes Glücksspiel? Verschwörung? Gerüchteküche? Oder wirklich: zum Spaß? Heitere Farben? Das sommerliche Guangzhou?

Ich vermochte es nicht zu entscheiden, und allein konnte ich auch nicht vorwärtskommen, und daß ich meinen Freund um Hilfe bat, der sich weiter aus dem gebrochenen Englisch hinaus- und ins gebrochene Ungarisch hineinkämpfte, kam nicht in Frage; so bohrte die Frage weiter in mir und mit ihr merkwürdigerweise die einleitenden Worte meines Freundes vor dem Haupteingang, die mir jetzt wie eine Antwort vorkamen, wie eine unheimlich rätselhafte Antwort, auch noch auf der Heimfahrt, auch noch, als wir mit dem Mercedes einen großen Bogen durch die Stadt machten und vor dem Schlafengehen, aus diesem Mercedes, einen flüchtigen Blick auf den nächtlichen Perlfluß warfen, wo ich mir wieder die Frage stellte, welchem Zweck die Pavillons, Lagerbauten und Becken nun wohl wirklich dienen sollten, und auf diese Frage unverändert die feierlichen Worte meines Freundes widerklangen, daß es vielleicht... in höhe-

rem Sinn . . . wirklich die echte Kunst . . . der südlichen
Küche . . .

Ich könnte lange analysieren, welchen Rhythmus dieser Satz in mir hatte, welchen Argwohn er weckte und in
welche Richtung er mich in dieser Nacht drängte, ich
könnte also erzählen, fort und fort, aber das mag bitte für
die ersten Stunden genügen, und es mag bitte überhaupt
genug sein an Einzelheiten, denn nach so vielen Einzelheiten und so vielen Analysen – man denke nur an die
Hockenden, an den Nachbarn und an die Jungen vor den
Kesseln – können wir wahrhaftig auf weitere Einzelheiten und Analysen verzichten, ich jedenfalls verzichte
jetzt, weil ich meine, es ist an der Zeit zuzugeben, daß ich
es nicht schaffe, weil ich keine Lust habe, die Dinge mit
diesen Einzelheiten und Analysen endlos in die Länge zu
ziehen, ich meine, es ist an der Zeit einzugestehen, wie
traurig ich vor dem bisher zusammengetragenen Stoff
meiner Erzählung sitze, denn alle Sätze scheinen unablässig und eindeutig Anlauf zu einer Geschichte zu nehmen, es ist, als stünde ich vor rauchenden Trümmern,
vor den rauchenden Trümmern der Absicht, die Gleichzeitigkeit und die Gleichrangigkeit darzustellen, das
heißt zu respektieren – und außerdem ist es höchste Zeit,
eine aus der Sicht meiner Erzählung, also der Ereignisse,
überaus wichtige Erklärung abzugeben, und zwar die,
daß zu unser aller Erleichterung nicht mehr viel fehlt bis
zu einer entscheidenden Wende, was zugleich feierlich
das befriedigende Ende dieser Erzählung verheißt: bis zu
einer Wende, die allen weiteren Einzelheiten ein Ende

bereitete und mit deren Hilfe ich mich endgültig aus dem Verkehr, unterwegs zum Herzen von Guangzhou, zog; nämlich am Abend darauf, als mir im Taxi auf dem Weg zum Hotel Escorial übel wurde.

Am Vormittag hatte ich einen Spaziergang durch die Straßen unternommen, neugierig, wie es ist, wenn man zu Fuß in den nervösen Strudel von Zehntausenden eintaucht, am frühen Nachmittag hatte ich mir einen kleinen Einblick in das Marktleben von Guangzhou verschafft, neugierig, wie es ist, wenn man in dem durch die Hitze unerträglichen Gestank und bis zu den Knöcheln in Unrat watend zwischen blutig tropfenden Fleischstücken, lebendig aufgefädelten Fröschen, Schlangen, Tintenfischen und in Käfige gesperrten Singvögeln wählen darf – vormittags dies, nachmittags das und am Abend dann, im Taxi, das Unwohlsein, aber von da an war ich frei von allen Sorgen, ich brauchte nur zu warten, bewegungslos auf einem Bett, bis meine Zeit in Guangzhou um sein würde, ich blickte auf einen Punkt an der Decke und hörte der Melodie der Klimaanlage zu, tagelang, bis ... wie soll ich es sagen ... mein Flugticket endlich seine zeitliche Gültigkeit erreichte und, dank der Fürsorge des gastlichen Hauses, mein Organismus für zur Abreise tauglich befunden wurde, die zwar äußerst riskant war, aber doch glücklich stattfand.

Ich habe nichts einzuwenden gegen das, was über dieses tagelange Liegen, diese sogenannte Krankheit in meiner Lunge, dieses Warten, dieses Zur-Decke-Starren in meinem hier schon so oft durchgehechelten, im wesentlichen zur Revision verurteilten früheren Bericht »Escorial« steht, denn wahrlich, in diesen Tagen gab es alles, Winseln, Flehen, Wimmern, Beten – wozu es leugnen, wenn man es gestehen kann; aber nicht durchgehen lassen kann und wenigstens hier tadelnd erwähnen muß ich, daß selbst in dieser Beschränktheit, ich meine, selbst in den engen Schranken des »Escorial« verblüffende *Abstriche* vorgenommen wurden, Abstriche nämlich von der Wirklichkeit, eine unbegründete und extrem übersteigerte Einseitigkeit, ich hätte fast gesagt, einen auffallenden Mangel an wohltuendem Geschwätz, eine Unordnung unter den Dingen, eine Vernachlässigung des aufrichtigen Eingeständnisses einer allgemeinen Durcheinandergebrachtheit, eine, und hier sei mir eine unvermittelte – für verständnisvolle Seelen freilich nicht ungezielte – Wendung erlaubt, schändliche Unterschlagung des *Reichtums* der Wirklichkeit aus armseligen literarischen Erwägungen; denn was, und diese Frage möchte ich nun einmal stellen, was wenn nicht dies könnte erklären, daß das »Escorial« *nichts weiß* von den beiden Hauptpersonen dieser Tage, dem im weiteren Sinn verstandenen Personal des gastfreundlichen Hauses, der Oma und der Doktorin, denn wären sie nicht dagewesen, wären sie nicht in der Wirklichkeit dort gewesen, dann hätte sich in Guangzhou ganz bestimmt alles anders entwickelt.

Ich möchte hier kein neues Kapitel eröffnen, ich sehe keinen Anlaß, meinen vorhin gefaßten Entschluß, nicht noch mehr Einzelheiten und nicht noch mehr Analysen einzubringen, schon wieder aufzugeben, wer aus der Erwähnung der Oma und der Doktorin eine solche Folgerung ableitet, der hat die wahren Motive meiner kritischen Anmerkungen zum »Escorial« nicht verstanden – nein, kommt nicht in Frage, hier beginnt jetzt kein neues Kapitel, keine neue Furche, keine neue Dimension, im Gegenteil, wir bewegen uns, wie versprochen, langsam auf das beruhigende Ende zu; aber daß ich meinen Bericht nicht mit der Einführung zweier so unverzichtbarer Persönlichkeiten – die Oma, die mir das Essen kochte und die Sachen wusch, und die Doktorin, die jeden Morgen und Abend um sieben Uhr mit der Spritze an meinem Bett stand und sich am letzten Abend zu mir auf den Bettrand setzte, um mir auf meine Bitte mit ihrer heiser zischelnden Stimme, wie eine verzauberte Schlange, das Dao-de-jing im Original vorzulesen – belaste, weil ich ihn damit einfach *nicht mehr belasten kann*, daß meine Beschreibung sie beide also nicht mehr trägt, daß ich sie weglasse; daß ich aber ihre außerordentliche Wichtigkeit verschweige, bedeutet nicht, daß ich sie zu erwähnen vergesse, denn wenn es dem »Escorial« gelang, gelingt es mir um so weniger irgendeine der realen Tatsachen aus der Kette zusammengehöriger Elemente zu opfern, selbst wenn es nur zu ihrer Erwähnung reicht. Es ist mir wirklich nicht möglich, weil ich diese Furcht, die mich auch heute, in diesem Augenblick, heimsucht, um keinen Preis auf die zuvor schon angesprochenen verständnisvollen Seelen übertragen möchte; ich möchte nur zu ihnen sprechen über diese Furcht, und über diese

Furcht jetzt zu ihnen zu sprechen, das tut wohl, weil diese Furcht also sehr wirklich ist, wie auch ich wirklich bin mit meiner lächerlichen fixen Idee oder eher Marotte bezüglich der Genauigkeit, weil nur das »Escorial« nicht wirklich ist; nur den am »Escorial« seine Freude findenden Leser möge die Wirklichkeit, die nicht nur einfach falsche Sentimentalität, sondern auch falsche Logik nicht duldet und sich in allgemeinen Durcheinandergebrachtheiten äußert, an der nächsten Ecke rechts und links ohrfeigen. Sie nämlich, die Wirklichkeit, zum Beispiel in Guangzhou, kannte nicht die Geradlinigkeit des »Escorial«, die Zugespitztheit, die Tatsache des Aufetwaszugehens, sie unterschied nicht zwischen den Dingen, in ihr gab es kein Vorwärts und kein Rückwärts, wie sie sich auch nicht in Wesentliches und Unwesentliches unterteilte, aber lassen wir das; vor dem versprochenen Abschied möchte ich lieber die Bestandsaufnahme der Milliarden Geschichten jener Tage fortsetzen, natürlich nicht auf Vollständigkeit, sondern auf ein reineres Gewissen bedacht. Denn es gibt hier noch mancherlei zu erwähnen, wenngleich es in diese Beschreibung in seiner echten Bedeutung nicht mehr aufgenommen werden kann, es wäre noch mancherlei zu erwähnen von den unzähligen Ereignissen, die die Tage bis zu meiner Abreise ausfüllten, da war ja das Schienenpaar mit den toten Zügen, und da war ja ein Straßenbau, zur Linken, unten, in der Nähe des Hauses, das beobachtete ich, als ich das Krankenbett wieder für Minuten verlassen durfte, die auf den Schienen nach

Hause trabenden Schulkinder und, die Ellbogen bequem auf die Balkonbrüstung gestützt, die langsamen, unheimlich langsamen, umständlichen Straßenbauarbeiten. Aber auch die Bewohner des Hauses dürfen nicht vergessen werden, die am Tag meiner Entlassung – denn auch die fand statt –, als wir im Erdgeschoß aus dem Fahrstuhl traten, aus den unübersichtlichen Korridoren und Höfchen des Erdgeschosses herbeikamen und mich umringten, gleichsam zum Zeichen ihrer Freude, daß sie mich wieder genesen erblickten, ich wieder Farbe zeigte und, wie sie zufrieden andeuteten, in der Lage schien, die Heimreise zu überstehen. Dabei hatte ich dort im Erdgeschoß, oder besser, von da an, etwas ganz anderes zu überstehen, nämlich die endlos langen anderthalb oder zwei Stunden bis zur wahren Entlassung, zur Befreiung, bis zum Abheben in die Luft, ich hatte die da bereits unerträgliche Möglichkeit zu überstehen, daß etwas, um das ich bisher, wer weiß wie viele Tage und wie viele Nächte hindurch, herumgekommen war, in den letzten Minuten über mich hereinbräche, ich hatte das Bewußtsein zu ertragen, jetzt, in diesem letzten Augenblick und in unmittelbarer Nähe des Entkommens, doch noch zu begreifen, was Guangzhou und was der Süden bedeutet.

Vor dem Haus hätte der Mercedes stehen müssen, damit sich Ende und Anfang träfen, aber vor dem Haus stand nicht der Mercedes, sondern ein Taxi, darin fuhr ich mit meinem Gastgeber zum Flugplatz. Ende und Anfang trafen sich dann aber doch, denn die letzte Stunde und die erste waren mit verwirrender, gespenstischer Genauigkeit symmetrisch, und ich dachte die ganze Zeit über, bis zum Start, wo bin ich denn, ich war da, wo ich am Anfang gewesen war, nur eben umgekehrt, rückwärts, von der Furcht zur Angst und von der Angst zur Fremdheit, bis sich schließlich alles in der geballten Rätselhaftigkeit des Anfangs abklärte.

Der Himmel war bedeckt, und Wind haben wir auch, stellte ich fest, aber ich wußte, nun hatte ich nichts mehr zu befürchten, ich vertraute dem verborgenen Hirten meiner Reise, und es gefiel mir, daß er selbst seine Regeln durchbrach. Nachdem wir uns voller Sympathie wiederholt in die Arme geschlossen hatten, mein Freund und ich, brachte er die Sprachen nicht mehr durcheinander, er sei nicht symmetrisch, sagte er, er sei sehr froh, daß ich gekommen war und daß er mein Gastgeber sein durfte. Er bedaure, fuhr er fort, daß ich wegen meiner Krankheit weder das Südchinesische Meer noch, in weit größerer Entfernung, die Insel Hainan zu sehen bekommen hatte, und er bedaure auch, daß er von Guangzhou mir nur so wenig zeigen konnte, aber er hoffe, schloß er zuversichtlich, beim nächsten Mal. Er klopfte mir mit der Sanftmut der Riesen auf die Schulter, und ich war ihm dankbar und dachte, Gott sei Dank, weder das Südchinesische Meer noch Hainan, noch mehr von Guangzhou, und ein nächstes Mal, dachte ich, während ich ihm zum Abschied winkte, wird es nicht geben, denn, und ich stellte mich wieder als einhundertachtzigster an, *von* Guangzhou habe ich zwar nichts, aber *in* Guangzhou habe ich etwas begriffen. Daß ich nämlich an dem Punkt meines Lebens angelangt bin, von dem an ich keine neuen Dimensionen, neuen Furchen und neuen Kapitel mehr wünsche, angelangt an einer Schwelle meines Lebens, von der aus gesehen es etwas gibt, das zuviel für mich wäre, das ich nicht an dem messen könnte, was ich bin, und das deshalb gefährlich, überflüssig und unerträglich ist.

Es ist Schluß mit den Perspektiven, folgerte ich traurig, während die Boeing steil in die Höhe zog, es ist vollbracht, ich bin fertig und am Ende, jetzt könnte ich mich hinsetzen und faulenzen, essen, nachsinnen, dösen, von jetzt an müßte ich nicht mehr der Welt nachjagen. Ich werde nicht mehr in die Weite schauen, sagte ich mir und versuchte auch schon, nüchtern aus dem ovalen Fensterchen zu blicken, der Himmel draußen war klar, das Blau strahlte geradezu, und unter mir, etwa dreitausend Kilometer entfernt, schwamm eine Traumwolkenschar in die Unendlichkeit. Ich beobachtete ein letztes Mal diese Weite, und plötzlich verlangte mich sehr nach Sonnenlicht, nach dem, das man am Nachmittag hat, ungefähr zwischen vier und fünf, ich dachte, wenn ich wieder zu Hause bin, setze ich mich in diese Nachmittagssonne und sonne mich einfach nur. Ich sonne mich und gebe mich nur mit dem ab, was diese Nachmittagssonne beleuchtet, denn mich interessiert von jetzt an nichts mehr, nichts außer den Staubkörnchen, dachte ich an Bord der Boeing, Staubkörnchen, wie sie durch diesen Nachmittag tanzen, und dieses Sonnenlicht, und dieser Nachmittag.

Und hier sind wir, man merkt es vielleicht, an die Schwelle gelangt, über die dieser Bericht nicht mehr hinwegführt, es steht also nur noch der Abschied aus – und noch eine letzte Bitte an die verständnisvollen Seelen, daß sie in die Richtung, die über diese Schwelle führt, daß wenigstens sie nicht darüber hinwegschreiten. Sie sollen bleiben, wo sie sind, sie sollen dem Hähnekrähen aus dem Nachbardorf lauschen, sie sollen sich sonnen und meinetwegen irgend etwas zitieren, zum Beispiel gelegentlich diesen kleinen Bericht, aber, wenn ich bitten darf, nicht so: »der die Hosen so voll hatte in diesem Kwangtschu oder wie zum Deibel das heißt«, und auch nicht so: »ja, wo sie herumhockten und wo dieser Nachbar hinter dem Gitter mit dem Fächer«, sondern so: »weißt du, das da, wo das Tor zum Süden über dem Yangzi versteckt ist«.

VIII

NUR NOCH ZEHN JAHRE (Nur noch neun, nur noch acht, noch sieben, nur noch... L.K.) Zweiundsiebzig Stunden und vierundfünfzig Minuten, stellte ich niedergeschlagen fest, die restliche oder, richtiger, die vor mir liegende Zeit nach kurzem Rechnen, gleichsam, damit es heftiger schmerzte, in Stunden und Minuten vor mir ausbreitend, noch zweiundsiebzig Stunden und vierundfünfzig Minuten, sagte ich mir an der Ecke der Enk-Taiwny-Gudamdsch und des Suchbaatar-Platzes am Eingang zum Hauptpostamt, um dann von dort, von der Schwelle aus, nochmals und wiederum zu prüfen, ob ich recht gesehen und richtig gerechnet hatte, aber ich hatte recht gesehen und richtig gerechnet, an der Uhr des Hauptpostamtes hatten sich die Zeiger noch nicht gestreckt, noch nicht einmal Viertel zehn, neun Uhr sechs, las ich von dem rissigen Zifferblatt ab, das heißt, faßte ich betrübt zusammen, immer noch Vormittag, immer noch Oktober, immer noch der achtzehnte Oktober neunzehnhundertneunzig, Vormittag, und ich bin, dachte ich still mit hängendem Kopf auf der Schwelle zum Hauptpostamt, immer noch in Urga. Das alles nahm ich niedergeschlagen, betrübt und kopfhängerisch zur Kenntnis, stellte ich mir doch jetzt zum erstenmal vor, wie schwierig es sein würde, in der Tat, aus

China, wo ich mich noch gestern befunden hatte, den Weg in die Heimat zu finden, stellte sich mir doch eigentlich jetzt zum ersten Mal die Frage, ob es einen solchen Weg überhaupt geben, ob der sogenannte Heimweg eine zeitliche Dauer haben und sich nicht auf die Kürze eines Blitzes verdichten würde, damit sich die Ganzheit jenes traumhaften Chinas unversehrt bewahre, das ich gestern vor Sonnenuntergang an Bord eines Flugzeuges hinter mir gelassen hatte, hinter mir gelassen mit dem unwillkürlichen, gestern noch selbstverständlichen, natürlichen Glauben, nun ja, es sei schon . . . möglich: jetzt entschwindet mir vielleicht für alle Zeiten die Wirklichkeit dieses Traumreiches, und was bleibt, aus dem kann ich nicht mehr erwachen. Ja, gestern waren ein solcher Glaube, eine solche Phantasterei, eine solche ätherische Unschuld der Gefühle noch nicht ganz grund- und sinnlos gewesen, denn vergebens hatte ich gestern in aller Frühe schon die Grenzen des Reiches hinter mir gelassen und war ich hier gegen acht Uhr abends in der alptraumhaften Einöde der Hochebene hinter Bogd gelandet, um dann in meinem Quartier die erste Urgaer Nacht von vieren erst schlaflos mich wälzend, dann, gegen Morgen, in einem kurzen, ohnmachtartigen Schlaf zu verbringen, vergebens, dieses Gestern hatte noch voll und ganz zu China gehört, zu dem Reichtum, der seine wahrhaftige Ausdehnung wie ein Stern mit seinem Strahlen und Leuchten erweitert; heute aber war von dem Trugbild nichts mehr übrig, der Nebel, der China vor Urga geschoben hatte, war gewi-

chen, es hatte sich gezeigt, daß in der Nacht nicht nur die
Brücke eingebrochen war, über die ich aus China hierher gelangt war, sondern daß auch jene andere unermeßlich fern war, die mich in die Heimat führen sollte – mit
einem Wort: aus der Wirklichkeit des Traumreiches
mußte ich nun endgültig erwachen, hinein in eine andere,
in die des vormittäglichen Lebens der Enk-Taiwny-
Gudamdsch, des Suchbaatar-Platzes und des Hauptpostamtes, in eine Wirklichkeit also, die für mich einer
Grube glich, aus der ich erst nach drei unerträglich langen Tagen, genauer, und ich blickte zur Uhr des Hauptpostamtes hinauf, nach zweiundsiebzig Stunden und . . .
dreiundfünfzig Minuten befreit werden würde. Ich war
nicht ganz ohne Hoffnung gewesen, womöglich schon
heute weiterfliegen zu können, doch diese Hoffnung
hatte nur vom morgendlichen Erwachen bis ungefähr
drei Viertel neun gedauert, da nämlich fiel, jeder weiteren Hoffnung ihren Sinn raubend, die Entscheidung,
daß infolge der Fahrlässigkeit eines Beijinger Beamten
oder einfach wegen des allgemeinen, himmelsgleichen
Durcheinanders der Dinge der auf meinem Ticket ver-
merkte Zeitpunkt, der einundzwanzigste Oktober –
und nicht der achtzehnte, wie ich gewünscht hatte, ohne
das Ticket bei der Entgegennahme zu prüfen –, unabänderlich war, vorher haben wir nichts frei, sagten sie mir
im düsteren Büro des Dschuultschin, vielleicht am
Abend, fragte ich, nein, sagten sie, vielleicht am Neun-
zehnten, nein, und sie schüttelten die Köpfe, dann wenigstens am Zwanzigsten, flehte ich, aber hierzu äußer-

ten sie sich gar nicht mehr, sie kehrten mir nur den Rükken, und ich empfand auf einmal einen ohnmächtigen Zorn und die Verlockung der Ergebung in die sogenannten vollendeten Tatsachen, so daß ich weder weggehen noch den Kampf fortführen konnte, ich stand noch lange Minuten in der grob rempelnden Menge und haschte nach dem Blick des einen oder anderen Angestellten, doch einen solchen Blick zu erwischen erwies sich nach dieser Zurückweisung naturgemäß als absolut unmöglich, weshalb ich schließlich gegen neun Uhr, wie ich meine, durch die Tür des Reisebüros mit dem Namen Dschuultschin auf die Straße trat, zum Hauptpostamt ging, nachrechnete, wieviel Zeit ich noch vor mir hatte in dieser wilden, dieser grausamen, dieser tödlichen Grube und schon beim bloßen Klang der zweiundsiebzig Stunden und... zweiundfünfzig Minuten beschloß, nein, ich gehe zurück, ich lasse es nicht dabei bewenden, ich gehe zurück. Viel Sinn machte dieser plötzliche Entschluß freilich nicht, und um das einzusehen, genügte es, daß ich mir in der Düsternis des Büros die nicht weniger düsteren Blicke der Angestellten ins Gedächtnis rief; aber nicht wegen des Sinns des Entschlusses war ich entschlossen... wie soll ich mich ausdrücken..., den Kampf um eine sofortige Abreise erneut aufzunehmen, sondern weil ich bereits auf dem Herweg, während der Reise nach China, einiges von der Welt diesseits der Großen Mauer kennengelernt, weil ich einmal schon vom mörderischen Alltag der Mongolen gekostet, weil ich schon einmal den mehrfachen Ansturm der Einheimischen erlebt hatte, mit dem sie mich, nachdem sie erfahren hatten, ich sei kein Russe, wie die meisten Europäer hier, sondern Ungar, in der dem in die Fremde verschlagenen Verwandten zustehenden heftigen und gewalttätigen Zuneigung der für mich absurden, aber für sie offenkundigen Tatsache versichert hatten, daß ich zu ihnen gehörte – kurz, mir war ziemlich klar, was mich in drei vollen Tagen hier erwarten würde, so daß mich in Anbetracht eines neuerlichen – mörderischen! – Eintauchens in den mongolischen Alltag bei einem letzten Blick auf die Uhr des Hauptpostamtes etwas wie ein hysterischer Fluchtdrang befiel und ich entschied: sofort zurück ins düstere Dschuultschin-Büro, vielleicht klappt es beim zweitenmal und mit einer anderen Methode doch noch.

Das Dschuultschin zeigte sich – und es war mehr als das Spiel der zerrütteten, erschöpften Nerven – noch schroffer, noch widersetzlicher und noch uneinnehmbarer, als ich es nach dem Verstreichen einer Viertelstunde erwarten konnte. Schon die schmale, blaugestrichene, morsche Eingangstür ging schwerer auf, vermutlich hatten sich die Scharniere in den Zargen weiter gelockert, vermutlich hatte sich die ganze Tür weiter von der ohnehin nicht lotrechten Achse entfernt, weshalb sie, da die Unterkante bereits am Pflaster schleifte, sich nicht mehr so öffnen ließ wie noch eine Viertelstunde vorher, sondern nur durch Anheben der Klinke und gleichzeitiges Drücken mit Schenkeln, Hintern und Rücken. Aber drinnen erwartete mich das gleiche, denn als ich mich, nachdem die Tür auf die erwähnte Weise geschlossen worden war, seitlich zu den Mongolen gesellte, die sich vor den Pulten des Raumes drängten, war mir, als wäre ich plötzlich erblindet, da ich aus dem grellen Licht draußen in eine mittlerweile viel dichtere Düsternis drinnen trat, in eine Düsternis, die demnach von Minute zu Minute zunimmt, konstatierte ich erstaunt, meine Augen massierend und vorerst alle Kraft darauf verwendend, härteren Schlägen des schonungslosen Ellbogenkampfes in der im übrigen stillen und geduldigen Menge auszuweichen und in der Schlacht der Beine und Schultern den mit dem Schwung des seitlichen Hinzugesellens erworbenen Vorteil nicht zu verlieren und nicht bis zur Eingangstür zurückgeschwemmt zu werden. Die alarmierendste Veränderung aber nahm ich an den Angestellten wahr, sie nämlich kamen mir, als ich sie ausmachen konnte, eindeutig so vor, als hätten sie für den heutigen Tag jeden Kontakt zu den Menschen abgebrochen. Hände hielten ihnen verschiedene schmutzige Papierstücke hin oder schwenkten Ausweise, gleichzeitig versuchten acht oder zehn Mongolen sich ihnen verständlich zu machen, die einen laut, die anderen leise, aber sie waren, wie ich jetzt, als meine Augen sich allmählich an das Zwielicht gewöhnten, erkannte, nicht etwa nur unwillig, sondern einfach nicht imstande, den Andrang der Antragsteller auf der anderen Seite der Pulte zu bemerken, sie haben abgeschaltet! dachte ich und zuckte zusammen, denn bei diesem Gedanken wuchs die Spannung in meinem Inneren noch, wie

werde ich unter solchen Umständen, ohnedies unge-
schickt im Kämpfen, die Aufmerksamkeit auf mich lenken können, wenn die Welt auf dieser Seite der Pulte für
sie so gründlich erloschen ist, wie werde ausgerechnet
ich meinen improvisierten Plan verwirklichen können,
nämlich, sie zu bestechen.

Aufgebrochen war ich vor Monaten mit vierzehn
bunten Pfennig-Quarzuhren und neun noch bunteren
Pfennig-Feuerzeugen, gekauft auf Anraten eines asien-
erfahrenen Bekannten bei einem türkischen Straßen-
händler in Berlin und tatsächlich für Pfennige; denn der,
nicht der Türke, sondern der Asienexperte, hatte auf
meine Erkundigungen nach praktischen Mitbringseln
nicht geantwortet: Kamelhaardecke oder Sauerstoff-
flasche oder eine leichte Schußwaffe, sondern wie aus
der Pistole geschossen: Quarzuhren, Feuerzeuge und
noch einmal Quarzuhren, um mir dann mit erhobenem
Zeigefinger mahnend ans Herz zu legen: nichts ist wichtiger. Zwar hätten mir mit je einer Handvoll von diesen
und jenen, also mit vierzehn Quarzuhren und neun Feuerzeugen in der Tasche, dem Ratschlag zufolge alle Türen offenstehen müssen, doch hatte ich durch eigenes
Verschulden bis zu diesem Augenblick lediglich eine
einzige Quarzuhr und zwei Feuerzeuge loswerden können, sie jedoch gleichzeitig, und zwar in Urga, auf der
Herfahrt, als ich, überzeugt, auf andere Weise seien vier
Flaschen russisches Mineralwasser nicht zu beschaffen,
sie in einem Urgaer Hotelrestaurant einer kichernden
jungen Kellnerin in die Hand gedrückt hatte, wobei ich

sie ihr, bis über die Ohren errötend, so geschmacklos und entwürdigend empfand ich diese *eine* Quarzuhr und diese *zwei* Feuerzeuge, *auf einmal* hingehalten hatte. Jedenfalls verfügte ich jetzt also über dreizehn Quarzuhren und sieben Feuerzeuge, und ich hatte sie, wie auch sonst immer, zur Hand, denn sie befanden sich in der kleinen Tasche, die ich stets bei mir trug, und als ich mich plötzlich zur Rückkehr ins Dschuultschin entschloß, war ich auch zu etwas anderem entschlossen, nämlich . . . jetzt oder nie, wenn nicht, kehre ich halt in drei Tagen mit dreizehn bunten Quarzuhren und sieben bunten Feuerzeugen in der Tasche nach Europa zurück.

Ja, jetzt oder nie, dröhnte es in meinem Inneren, während ich mich im stillen, doch rücksichtslosen Gefecht geschmeidiger Schultern und Beine Zentimeter für Zentimeter vorwärtsturnte in die Richtung des einen Pultes beziehungsweise in den vermuteten Gesichtskreis der hinter diesem Pult sitzenden, völlig abgeschaltet habenden, zufällig stark in die Breite gegangenen und noch düsterer als die anderen dreinblickenden Angestellten mittleren Alters; aber sich im Dschuultschin bis zu einem Pult vorkämpfen ist das eine, und dort angelangt die Aufmerksamkeit einer stark in die Breite gegangenen und noch düsterer als die anderen dreinblickenden Frau mittleren Alters auf sich lenken ist das andere, wie ich sogleich erkennen mußte, denn als ich endlich und tatsächlich um den Preis beliebiger Torturen am Ziel war, mich nur noch die sich hinter mir rempelnde Menge an das Pult preßte, und ich als einer der stetig wechselnden acht bis zehn Antragsteller mal mit der linken, mal mit der rechten Hand mit dem Versuch begann, die Angestellte auf mich aufmerksam zu machen, sah ich rasch ein, daß ich ebensogut mit dem gleichen Kraftaufwand einer Blinden vor der Nase herumwedeln könnte – ich mußte sie mit etwas Unerwartetem sanft aus dieser vollkommenen Abgeschaltetheit erwecken, sonst würde sie noch stundenlang nichts weiter machen, als mit übereinandergeschlagenen Beinen einfach nur dazusitzen, zurückgelehnt, und mit *bewegungslosen* Augen auf eines der vielen Papiere auf dem Pult zu glotzen. Ein weiteres Fremdenverkehrsbüro gab es damals, aus einleuchtenden Gründen, in der Mongolei nicht, und in diesem hatte ich kaum eine andere Wahl; an genau dieses Pult geraten, genau vor dieser Frau, war ich, man wird es verstehen, der Ansicht, nun sei tatsächlich die Zeit der Quarzuhren gekommen, nun könnten tatsächlich nur noch die Quarzuhren helfen, und falls nicht, sagte ich mir, gleichfalls befallen von der allgemeinen, geradezu tastbaren Bangnis in dem Büro, falls nicht, werden die drei Tage bis zum einundzwanzigsten Oktober zur Ewigkeit werden (wer weiß, wegen welchen Nebels die Maschine am besagten Tag nicht starten wird, wer weiß, welcher Stempel fehlen wird, so daß ich auch mit der folgenden nicht . . .); dann muß ich, fiel mir ein, und der Schweiß brach mir aus, endgültig hierbleiben, wie die anderen. Ich griff also in meine Tasche, die ich mir um den Hals gehängt hatte, ertastete unter ihnen die ansehnlichste und umschloß eine sogenannte Taucheruhr von violetter Farbe, und gerade wollte meine Hand, die diese violette Taucheruhr umschloß, langsam sich hebend, die Richtung zum Pult einschlagen, als sie auf halbem Weg zu zögern begann und sich vorsichtig wieder der Tasche näherte, denn mir war eingefallen: und was ist, wenn ich diese Hand oberhalb des Pultes öffne und die Angestellte – wer kennt die Mongolen schon wirklich! – möglicherweise nicht denkt, na, was ist denn das da für eine hübsche kleine violette Taucheruhr, sondern mich mißversteht und bei ihrem Anblick vielleicht glaubt, ich zeige ihr ungeduldig die Zeit. Daß ich mißverstanden würde, konnte ich nicht riskieren, deshalb fügte ich der Taucheruhr, zutiefst gegen meinen Geschmack und mein Behagen, ein zufällig ebenfalls violettes Feuerzeug hinzu, schickte die Hand wiederum auf den Weg über das Pult, öffnete sie, dort angelangt, und versuchte der Frau mit meinen Augen zu signalisieren, sie möge nur ruhig ihren Blick von diesem Stück Papier weg und ein paar Zentimeter weiter in meine Hand wenden, sie werde es nicht bereuen. Mindestens eine volle Minute lang geschah gar nichts, die Frau bewegte ihre reglosen Augen nicht weg von dem Stück Papier; dann jedoch, nach ungefähr einer Minute, hatte ich ganz entschieden den Eindruck, ihr Kopf drehte sich ein wenig, womit ich auf das erste nur erreichte, daß eine verklebte Strähne ihres in die Stirn fallenden Haars zur Seite hüpfte und in einem zufälligen Lichtstreif erkennen ließ, wie fettig die Haut auf dieser Stirn glänzte. Einen langen Augenblick später schien es dank meiner Ausdauer dann, das Eis sei gebrochen; die Frau hob, um eine Winzigkeit nur, doch merklich, den Kopf, und ihre Augen krochen sehr langsam aufwärts von dem Stück Papier auf, nein, demonstrativ nicht auf das dargebotene Ensemble von Quarzuhr und Feuerzeug in meiner Hand, sondern ganz allgemein auf mich, um in Höhe meiner Brust innezuhalten und damit mein Schicksal im Dschuultschin zu besiegeln – denn entweder gefiel ihr die Farbe nicht, oder sie hatten hier von dieser Sorte schon Hunderte in den Schubkästen, mit einem solchen Blick jedenfalls verzichtete sie auf die Demonstrationsobjekte meines Bestechungsversuches, mit dem mörderischen Hochmut unbeugsamen Gleichmuts und gelangweilter Geringschätzung beendete sie ein für allemal meinen Vorstoß in Sachen eines vielleicht bei anderem Angebot (Strumpfhose? Barbie-Puppe? Meeressalz? wer weiß!) doch vorzuverlegenden Abflugs, was es mir angebracht erscheinen ließ, ihr besser nicht zu berichten, daß ich ja noch zwölf solche Quarzer und noch sechs solche Flammenwerfer hatte, sondern unverzüglich den turnerischen Rückzug zur Tür anzutreten und mich tunlichst damit abzufinden, daß das nicht geklappt hatte, nein, und daß ich bis zur zehnten Morgenstunde des einundzwanzigsten Oktobers ein Gefangener Urgas bleiben würde.

Ein Gefangener Urgas, dachte ich in wachsender Verbitterung, als ich aus der düsteren Luft des Büros ins Freie gelangt war und, nach einer Idee heischend, was ich nun unternehmen könnte, in die menschenleere Trostlosigkeit des Suchbaatar-Platzes und über die abscheulichen Betonblocksiedlungen hinweg auf die kahlen und wüsten Gipfel des südlichen Bogd- und des nördlichen Tschingeltej-Gebirges blickte. Ein Gefangener, wiederholte ich mir mehrere Male, wiederum gleichsam, damit es mich noch mehr schmerzte, als ich, wie festgewurzelt auf dem Gehweg vor der Tür zum Dschuultschin stehend, die Gipfel an der südlichen und der nördlichen Grenze der Stadt betrachtete, und diese Gipfel verriegelten den Blicken vom Suchbaatar-Platz aus den Weg in der Tat so unmißverständlich, daß man wahrhaftig nur an eines denken konnte: Wen Bogd und Tschingeltej hier so fest umschließen, den werden Bogd und Tschingeltej nicht so leicht wieder freigeben.

Soll ich zum Tempel des Tschoidshin Lama gehen? Ins Zentralmuseum? Zum Grünen Palast? Ins Gandan?

Ich konnte mich nicht entscheiden.

Alles kam mir gleichermaßen erschreckend vor, dort, vor dem Dschuultschin, denn ich wußte, nichts würde das unerträgliche und immer unerträglichere Gefühl des Eingesperrtseins zu dämpfen vermögen, die Gefahr, die vielfältige Drohung mit den drei mir aufgebürdeten Tagen, und gleich die erste von diesen Drohungen war es, daß ich nicht blind genug sein würde für diesen menschenleeren, windgepeitschten, in einen Angsttraum passenden Suchbaatar-Platz, für diese auf entsetzliche Weise unwohnlichen und dennoch dicht bewohnten Betonblocksiedlungen, für diesen schon einmal, auf der Herreise, erlebten Alptraum des Elends und der Gewalt, der Gefangenschaft und des viehischen Vegetierens, auf

die allgemeinen dschuultschinischen Zustände der Stadt
also, daß ich es in den nächsten drei Tagen nicht fertig-
bringen würde, die Augen nicht aufzumachen und nicht
zur Kenntnis zu nehmen, wovor mir jetzt schon graute,
wenn ich nur daran dachte: daß all die wunderbare
Überzeugung von der Möglichkeit der Berührung mit
den Göttern, die ich aus China mitbrachte, mit mir zusammen hier aufgerieben würde und daß der ganze zerbrechliche, schmetterlingsleichte Glaube, es gebe also
doch göttliche und ideale Höhen über der höllischen
Vision der menschlichen Tiefebene, unrettbar mit der
Zurkenntnisnahme eines durchschnittlichen Urgaer
Augenblicks zusammenbrechen würde. Ich nahm noch
einmal mein Ticket aus der Tasche, kramte es hervor
zwischen den verschämt sich versteckenden dreizehn
Uhren und neun Feuerzeugen, nahm es und sah nach
dem Datum, unter Umständen hatte ich es falsch gelesen, hatten die Leute im Dschuultschin falsch gelesen,
aber es gab kein Erbarmen, auf dem Ticket war der einundzwanzigste Oktober neunzehnhundertneunzig ver-
merkt, neun Uhr morgens, unwiderruflich; da steckte
ich das Ticket endgültig weg und ging, gleichsam kopflos, gleichsam blindlings, auf das Museum zu, zurück
also in nördlicher Richtung über den Suchbaatar-Platz,
und dachte nichts anderes als: nur noch das wird es sein,
der Zusammenbruch jener gewissen wunderbaren
Überzeugung, jenes gewissen schmetterlingsleichten
Glaubens, womit ich mich von nun an würde herumschlagen müssen.

Ich ging, tatsächlich gleichsam kopflos, zum Zentralmuseum, trat durch das den Wahnsinnsbräuchen der
auch in Urga vorherrschenden sowjetischen Architek-
tur entsprechend mit Tympanon und etwas wie dori-
schen Säulen geschmückte Portal und zahlte an den in
mir, als wäre ich schuld an diesem Tympanon und an
diesen Säulen, sogleich einen Russen argwöhnenden
und deshalb demonstrativ feindseligen, stattlichen Einlasser drei Tugrik. Drei Tugrik und eine Eintrittskarte
wechselten von Hand zu Hand, was nicht länger als
einige Sekunden dauerte, aber diese wenigen Sekunden
genügten, daß ich eine Kostprobe von jenem drohenden
Blick der Mongolen bekam, mit welchem sie am hell-
lichten Tag jedem Russen, der ihnen unter die Augen
kommt – und für die Mongolen in Urga ist jeder Europäer ein Russe –, mitteilen, jetzt nur soviel, ein drohen-
der Blick am hellichten Tag, aber wenn es Abend, wenn
es dunkel ist, so ab fünf Uhr, dann läuft es hier ganz
anders. Vorläufig war, bei der von draußen hereinsik-
kernden Helligkeit, der Weg noch frei, noch offen ins Innere, denn den nach draußen verbaute mir der stattliche
Einlasser, noch war Besucherverkehr, ich ging also los,
ging hinein in das Innere dieses am ehesten noch an ein
gigantisches, verödetes Pissoir erinnernden Gebäudes,
durch nur vereinzelt von kahlen Glühbirnen beleuchtete, jammervoll düstere, menschenleere Gänge, dicht
an den Wänden entlang, an denen auf den mongolisch-
blauen Ölsockel in Kopfhöhe bis zur Decke ein räudiges
Rosa folgte, ging durch beklemmend niedrige Säle,

einen nach dem anderen, und schließlich ins obere
Stockwerk, auch dort von Saal zu Saal durch diese völlig
unsinnige, unheimliche Ansammlung von Kopien und
Originalen, von überraschend anspruchslosen, primiti-
ven Modellen und von längst in Bedeutungslosigkeit
versunkenen Trümmerstücken des vor siebenhundert
Jahren untergegangenen Weltreichs, bis mich – versunken gerade in die Darstellung der Foltergeräte zur Ver-
geltung der Neun Sünden – auf einmal der Gedanke
durchzuckte, das also wird es sein, dieses neuerlich her-
einbrechende Mittelalter überall mit Einlassern, Mu-
seen und Foltergeräten dieser Art, und so steht es nicht
nur um die Richtung schlecht, aus der Urga zum Schlag
ausholt gegen meine wunderbare Überzeugung und
meinen zerbrechlichen, schmetterlingsleichten Traum,
nein, es steht auch schlecht, und zwar sehr schlecht, um
die Richtung, in die ich diese Überzeugung und diesen
Glauben retten möchte. Ich betrachtete die kindlich ein-
fältigen, brutalen Darstellungen der Folterschmerzen
im Blut schwimmender Geräderter, unter den Schlägen
eiserner Stangen mit zertrümmertem Schädel Sterben-
der, Zerstückelter, Geblendeter, Verbrannter an der
Wand, dann die erstaunlichen Skelette in der Gobi ge-
fundener Flugechsen, all die Fahnen mit Pferdeschwän-
zen, die Pfeifen aus Mädchenschienbeinen, die zweisaiti-
gen Geigen und die Fetzen von Jurten und seidenen
Deels in dem allgemeinen Dämmerlicht, hernach stieg
ich die Stufen ins Erdgeschoß hinab, huschte an den blitzenden Blicken des stattlichen Mongolen (komm du mir

nur mal so ab fünf hierher, empfahlen diese Blicke) vorbei und trat unter dem Tympanon und zwischen den Säulen ins Freie, um nach einigem ratlosem Zaudern blindlings drauflos zu gehen, vorgeneigt im eisigen Wind des Sambuugijn-Gudamdsch. Ich gestehe, daß ich mich weit vorneigen mußte in dem eisigen Wind, wollte ich doch versuchen, meine Aufmerksamkeit auf einen anderen Gegenstand zu richten als den, zu dem sie vorhin, vor der Schautafel mit den Neun Sünden, abgeirrt war – wollte ich doch dem Heimwärtsdenken vorbeugen, dem unerwartet über mich hereinbrechenden Heimweh, und nicht etwa, weil ich mir damit nicht alles noch schwerer machen wollte, sondern weil sich mein Heimweh, wie ich erschrocken schon vor der Schautafel bemerkt hatte, *nicht* auf Ungarn bezog. Seit der Entscheidung im Dschuultschin hatte sich eine Niedergeschlagenheit meiner bemächtigt, in der es mir nicht wirklich ratsam schien, dahinterzukommen, worauf sich dieses Heimweh also dann genau bezog, deshalb nahm ich mir auf das strengste vor, nicht länger an das alles zu denken, mich nicht mit ihm abzugeben, mochte es nach dem Gesetz der Gefühle, die einen plötzlich überwältigen, von selbst vergehen. Dies war tatsächlich ein strenger Vorsatz; doch die Stärke und die Art dieses Heimwehs wirkten so beunruhigend, daß ich mich nach rund hundert blindlings zurückgelegten Schritten vergebens für den fernsten Zielpunkt entschied und daß mir auch der wenigstens einstündige Fußmarsch zum Grünen Palast, dem Winterquartier des Achten Bogd-Gegeen, des letzten Lebendigen Gottes von Urga, nichts half: als ich das zu einer Kasse umfunktionierte Hauptportal des heiligsten Gnadenortes im einstigen Urga erreichte, mir eine Eintrittskarte erstand, wiederum für drei Tugrik, in den windgeschützten Tempelhof trat und, nach Atem ringend, stehenblieb, denn ich hatte sehr stark vorgeneigt gegen den Wind ankämpfen müssen, mußte ich feststellen, daß dieser nun draußen tobende Wind den strengen Vorsatz gleichsam hinweggefegt hatte, denn in meinem Inneren rumorte in dem windstillen Tempelhof hier wiederum nur noch und ausschließlich dieses Heimweh, so daß ich nicht umhin konnte, ihm die Stirn zu bieten und herauszufinden, weshalb es so beunruhigend wirkte.

Mein ganzes Streben war darauf gerichtet, so schnell wie möglich nach Ungarn zu gelangen, es konnte sich also wahrhaftig nicht darum handeln, daß ich nicht zurück nach Ungarn gewollt oder daß mich dieses Gefühl auf dem Weg vom Schaubild der Neun Sünden zum Grünen Palast statt nach Ungarn anderswohin gelockt hätte. Nein, sagte ich mir mit einem Blick auf die Regentrommel des Hofes, zur Linken unterhalb des Pavillons, während ich mich dem Eingang des Palasttempels, des Weisheit Ausgedehnt Erstrahlen Lassenden Heiligtums, näherte, es kann sich wahrhaftig einzig und allein darum handeln, daß jetzt das empfindliche Instrument in meinem Inneren, von dem das Heimweh bisher fehlerfrei in die richtige Richtung, die der Bindung an meinen Wohnort, meine Freunde und meine Familie, gelenkt wurde, aus irgendeinem Grund versagt. Denn ich kann ohne jede Übertreibung behaupten, dachte ich, zwischen die Riesenstatuen der vier Weltenhüter Maharaja tretend, daß ich mit dem Heimweh und den Bindungen bisher keinerlei Probleme hatte und daß meine Gefühle bisher überhaupt recht ordentlich funktioniert haben; ich hatte also Gefühle, und da ich von Kindesbeinen an sogar ein bißchen zuviel von ihnen hatte, mußte ich sie von Kindesbeinen an immer ein wenig verheimlichen, *so sicher* fanden meine Gefühle die richtige Richtung – und besonders mein Heimweh hatte sich niemals geirrt, es wußte immer, wo sein Daheim war, zuweilen genügten ihm hundert Kilometer von diesem Daheim, um einer Sturmglocke gleich mein ganzes Inneres zu alarmieren – und nun versteht man vielleicht, wie erstaunt ich war, als ich, die hervorquellenden Augäpfel der vier Maharaja, die die Welt behüten, begaffend, auf einmal erkannte, daß dieses Heimweh in mir jetzt völlig aus den Fugen geraten war, daß es nicht wußte, wo das Daheim war, nur zauderte, taumelte, stolperte und mir einen ganz eigenartigen Schmerz bereitete, denn wohin ich nun gehen sollte, es zu dämpfen, wohin es mich treiben würde aus diesem neuerlich über die Welt hereinbrechenden Mittelalter, das verriet es nicht.

Durch die Hallen des Tempels gehend, prüfte ich mich, ob ich, aber tatsächlich!, heim wollte aus dem zeitlosen und in dieser Zeitlosigkeit noch so lebendigen Reich China, das sich mit dem »ausgedehnten Strahlen« seiner nicht von dieser Welt seienden *Wirklichkeit* erbötig gezeigt hatte, meinem Schicksal eine Wende zu geben, und ich befand, o ja, ich will nach Hause, unbedingt, ich kann mir eigentlich gar nicht vorstellen, nicht nach Hause zu wollen, doch ich befand auch, heim zu wollen und gleichzeitig froh zu sein über dieses Heimwollen, sich abzufinden also mit dem Drang nach Hause, das ist im gegebenen Fall nicht ein und dasselbe, zwischen beidem klafft sogar, gestand ich mir ein, eine tiefe Schlucht. Ich ging in dieser vom letzten Lebendigen Gott endgültig sich selbst überlassenen und mitsamt aller Symmetrie verfallenden Ordnung von Halle zu Halle und forschte in mir, ob mir denn nicht wirklich schon gar zu sehr die heimischen Landschaften fehlten, meine Kinder?, meine Frau?, ein respektables Rindergulasch mit gesäuerten Gurken?, und ich merkte, o doch, sie fehlen mir, auch deswegen zieht es mich, und auch deswegen ist dieses Warten so verbitternd, zu einem solchen heimischen Landstrich – doch noch fehlte etwas, das in einer mir gänzlich unbekannten Provinz lag. Aber es fehlte nicht so, wie man sich nach heimischen Landstrichen sehnt, auf liebliche Weise, sondern es fehlte schneidend und schmerzlich; etwas auf rätselhafte Art Unbenennbares, das mich noch stärker, noch unwiderstehlicher in seine Richtung zwang.

Am letzten Schwerpunkt des Tempels kam ich zum hintersten Palast, dem Lawran, wo einundzwanzig wundervolle Statuen der Rettenden Göttin Dar'-Ech aus der Zeit des ersten Lebendigen Gottes, Dsanabadsar Öndör-Gegeen, verwahrt wurden und wo ich bei meinem ersten Hiersein, auf dem Weg nach China, lange Stunden verbracht hatte, überwältigt von den in Bronze gegossenen, himmlischen Körpern in ihrer einundzwanzigfachen Schönheit, die sich auf geheimnisvolle Weise wiederholte; dorthin kam ich, aber nun stand ich nur da als ein ihrer nicht würdiger Betrachter, und in einer merkwürdigen Benommenheit zählte ich einfach nur nach, ob noch alle einundzwanzig vorhanden waren, denn zu mehr war ich auch diesmal nicht imstande, sie erneut zu bewundern, war ich kaum fähig, nicht einmal, sie wahrzunehmen, mußte ich mich doch mit dem Gedanken anfreunden, daß es, selbst wenn es einen Ausweg geben sollte aus der Urga-Vision des Neuen Mittelalters, er mir doch völlig verborgen ist; mußte ich mich doch damit abfinden, daß ich weder die Richtung noch den Gegenstand meines Heimwehs kenne, daß ich dieses Heimweh nur ertragen muß, wie es mich treibt, auf etwas zu, in etwas mir Unbekanntes.

Die winzigen Fenster des Lawran, den einundzwanzig Schönheiten gegenüber gelegen, ließen immer weniger Licht ein, so daß es den Anschein hatte, diesen einundzwanzig Schönheiten gegenüber habe draußen bereits die Dämmerung eingesetzt, und da man in Urga den wohlgemeinten Ratschlag bezüglich des Dunkelwerdens, der einem sofort erteilt wird und der auf dem Herweg auch mir erteilt wurde, sehr ernst nehmen soll, nahm ich ihn sehr ernst, löste mich aus meiner Benommenheit und ging durch die Stille der Hallen und das rote Holztor wieder hinaus in den Wind, damit mich die herabsinkende Dunkelheit nicht auf der Straße vorfände, wo, sobald es gänzlich dunkel ist, die Kumpane des statt- lichen Einlassers im Museum, das heißt, halb Urga, in zufälligen Freischaren zusammengerottet, bis zum frü- hen Morgen auf sogenannte Russen Jagd machen, ange- feuert von mongolischem Wodka, um die Schande Ulaanbaatars abzuwaschen. Ich eilte, so schnell ich konnte, durch die seelenlose Luft des Enk-Taiwny-Gür, überquerte die Brücke des Friedens über die Tuul, be- trachtete in der tatsächlich herabsinkenden Dämme- rung das unwahrscheinlich reine Blau des Himmels, wie es sich zunehmend vertiefte über mir, und sagte mir, während ich den Rücken kämpferisch gegen den nun- mehr natürlich von hinten auf mich eindringenden Wind stemmte, entschlossen, nun gut, einverstanden, mit dem Wind will ich kämpfen, aber von nun an nicht mehr mit dem Sinn des Heimwehs, mich soll nur noch interessieren, wie dieses Blau über mir sein wird, bei- spielsweise, genau in der letzten Minute, wie in diesem Wind der Rauch der drei Steinkohlenkraftwerke die Be- tonblocksiedlungen und seitlich die Jurtenstadt über- rollt, denn das tat er jetzt gerade, oder, und ich wählte mir schließlich etwas ganz Einfältiges, doch Wirksames, wie viele Autos an mir vorbeifahren werden, bis ich mein Quartier erreiche.

Insgesamt sechsundzwanzig Autos fuhren vorbei, bis ich mein Quartier in einer der zentralen Betonblocksied- lungen, die Wohnung Boschigts – eines Freundes, den ich bei meinem früheren Aufenthalt in Urga kennengelernt hatte –, die dieser mir aus Gastfreundschaft gegenüber dem ungarischen Bruder angeboten hatte, erreichte, und wenngleich nichts auf der Welt erstaunlicher ist als die Autos in Urga, als diese in einem unbeschreiblichen Zustand befindlichen, mehr als fünfhunderttausend Kilometer gelaufenen, zusammengedroschenen, plumpen schwarzen Wolgas, denn vom Typ Wolga waren sie allesamt, wenn wirklich kaum etwas so unmöglich wirkt wie sie, so begriff ich – etwa beim zwanzigsten – doch, wie albern es war, wahrhaftig, daß ich wie ein Idiot die hin und wieder vorbeiratternden Wracks zählte. Boschigt war nicht zu Hause, aber vergebens erfüllte mich eine tiefe Beruhigung, als ich die verschiedenen Schlüssel in den zahllosen Türschlössern drehte, daß ich diese Nacht kein Russe mehr sein würde, weil ich allein in der Wohnung war; ich fing an, immer noch wie ein Idiot, in den beiden kleinen Zimmern hin und her zu laufen (wenn man hin und her laufen will, stundenlang, ist kein Zimmer zu klein, als daß es das nicht ermöglichen würde), und nicht nur das, ich kann es jetzt gestehen, nein, ich redete auch, redete vor mich hin, einfach so, über gar nichts, um die Stille nicht zu hören, in die hinein irgendwo in der Ferne eine Tür zugeschlagen wurde, und jetzt um über nichts nachzudenken; nur die Zeit soll vergehen, die Zeit soll vergehen, irgendwie stehe ich es schon durch, sagte ich mir zum hundertsten Mal, mit diesen Selbstgesprächen und mit diesem Hin und Her in dieser Urgaer Wohnung werde ich es schon durchstehen bis zum Einundzwanzigsten, sagte ich mir in einem fort, wie ein Idiot, bis ich mich in dem einen der beiden Zimmer hinlegte und vom Schlaf überwältigt wurde.

Ich durchschlief die Nacht wie erschlagen, und als ich am Morgen (oder am Vormittag? In der Wohnung gab es keine Uhr, und die meinigen gingen, wie es ihnen paßte) erwachte, war Boschigt wieder nicht mehr da, er war weggegangen, bevor ich aufwachte, so daß ich, und auch dieser Morgen, dieser Vormittag verdüsterte sich, wieder niemanden haben würde, mit dem ich reden könnte; was soll ich machen, fragte ich mich laut, was um des Herrgotts willen soll ich hier bloß heute machen, noch dazu ohne Boschigt, mit dem ich mich wenigstens unterhalten könnte, der mir wenigstens, denn er spricht großartig Ungarisch, noch einmal erzählen könnte, wie es war, als er mit ungefähr vierzig anderen auf dem Suchbaatar-Platz gegen die sowjetmongolischen Liebediener von Ulaanbaatar einen Hungerstreik für die Rückbenennung der Stadt in Urga gemacht hatte, er würde mich dann, wie immer schon am Ende früherer Gespräche, grob und mit hin und her blitzenden Augen andonnern, »o Gott, ihr seid was für verpfuschte Ungarn, was sucht *ihr* im Westen, seit tausend Jahren schmiert euch an ihr bei Europa, und die treten euch dauernd in Arsch, reicht es nicht?«, und er würde den Schleim durch die Nase hochziehen, auf mongolische Art, das sagte ich mir wieder und wieder, Boschigt, wenigstens Boschigt, dann, völlig erledigt von diesem Zorn, von diesem düster beginnenden Morgen oder Vormittag, sank ich auf einen Stuhl vor dem Fenster zur Straße und sah aus dem Fenster auf die Straße.

Ich sah auf das gegenüberliegende Gebäude der Neubausiedlung, das genauso aussah wie das, aus dem ich hinaussah, eigentlich kein richtiges Haus mehr, eher ein bis auf die Knochen abgemagertes, ausgehungertes, durchgefrorenes Lebewesen mit hervorstehenden Knochen, keine echten Mauern mehr, keine echten Fenster, sondern ein klägliches Ungeheuer aus Betonrippen, drauf und dran, jeden Moment zusammenzubrechen, ein sogenannter viergeschossiger Plattenbau also, ein Geschenk Moskaus, aber natürlich eingepaßt in die Stimmungen von Urga, das heißt: die Haustür aus den Angeln gerissen, auf den Stufen davor ein festgefrorener, zeitloser Unrathügel, statt der zerbrochenen Fensterscheiben hier und da Lumpen und Papierstücke, auf dem Flachdach soviel Fernsehantennen, wie dort Leute wohnten, ein ganzer vertrockneter Fernsehantennenwald auf dem Flachdach, aber die Antennen nicht in eine Richtung gedreht, sondern wie Sonnenblumen, die ihre Sonne verloren haben, irgendwie jede in eine andere Richtung, als gäbe es nie Sendungen und als könnte man nicht wissen, aus welcher Richtung sie kommen würden, wenn es wieder welche gäbe. Vor der Vorderfront führte ein brüchiger und streckenweise über Meter fehlender Betonweg zum Kleinen Ring und zum noch arbeitenden Mongolischen Zentrum für Friedensforschung, wo übrigens auch mein Freund Boschigt tätig war, eine Art Gehweg, auf dem gerade jetzt, als ich hinausblickte, zwei kleine Kinder auftauchten, das eine in einem lila, das andere in einem gelben Kunststoffanorak, das eine mit einer Ledermütze mit Ohrenklappen, das andere mit einer Schirmmütze, aber beide mit der gleichen Schultasche auf dem Rücken und mit den gleichen Schnürschuhen an den Füßen, mit braunen Schnürschuhen, die offensichtlich viele Nummern größer waren als nötig, und oben, am Einschlupf, mit irgendeinem Bindfaden zugebunden statt mit Schnürsenkeln. Sie mochten nicht älter sein als sechs oder sieben, sagen wir, das eine vielleicht sechs, das andere sieben Jahre alt, und das ungefähr siebenjährige zog das kleinere hinter sich her und schubste es vor sich her, aber dennoch kamen sie nicht recht vorwärts, so sehr sie sich in dem stürmischen Wind auch mühten. Eigentlich waren es nur Einzelheiten des bedrückenden Bildes, das sich mir beim Blick aus meinem Fenster bot, Einzelheiten, von denen ich den Blick ab und gleich hin zu anderen Einzelheiten hätte wenden können, denn davon gab es reichlich, aber ich hielt mich an diesen Einzelheiten fest und wendete den Blick nicht ab, vermochte es gar nicht, und bis mir bewußt wurde, warum wohl nicht, mußten sie an mir vorüber, mußten sie mich hinter sich bringen, mußte ich sie von hinten sehen können, damit ich meine Aufmerksamkeit voll und ganz auf ihre Schultaschen richten könnte, wie sie sich auf den Rücken im Takt der Schritte gewichtig wiegten.

O mein Gott, so eine Tasche hatte ich auch, fiel mir ein, und ich zog mich unvermittelt vom Fenster zurück, genau einen solchen Schulranzen hatte ich als Kind, genau dieses braune Kunstleder mit den schwer zu öffnenden Schnallen und dem grauen Streifen in der Mitte, auf den wir unsere Namen schreiben mußten! Ich wollte einfach meinen Augen nicht trauen, wie erstarrt saß ich auf dem Stuhl, zurückgezogen vom Fenster, aber vom ersten Stock aus und bei diesem auch heute strahlend klaren Wetter war ein Irrtum ausgeschlossen, es war genau die Tasche, die sich auf dem Rücken der beiden kleinen Kinder wiegte, genau die, Irrtum unmöglich, die sich auch auf meinem Rücken gewiegt hatte . . . in der ersten Klasse? oder der zweiten? . . . egal, unwichtig, aber mir scheint, doch eher in der zweiten, als ich sieben war, das gleiche braune Kunstleder mit solchen Schnallen und dem grauen Streifen für den Namen! Endgültig wirkte nun alles ganz unglaubwürdig, gespenstisch, wie ein schauerlicher Traum, das sterbende Betonungeheuer auf der anderen Straßenseite, der Weg zum Mongolischen Friedenszentrum, die beiden kleinen Kinder, die mit meiner Schultasche auf dem Rücken weggingen; ich vermochte einfach nicht zu begreifen, wie es möglich war, daß die Fabrik, die vor dreißig Jahren so etwas für mich fabriziert hatte, so etwas immer noch fabrizierte, jetzt für sie. Und ich dachte nicht, ja freilich, die Sowjetungarn und die Sowjetmongolen wurden, das ergab sich damals aus der Natur der Dinge, von haargenau der gleichen sowjetischen Schultaschenfabrik bedient, und die mongolische funktioniert demnach, versteinert in ihrem unabänderlichen Elend, bis zum heutigen Tag noch haargenau so, nein, ich dachte, ja freilich, in diesem

Elend kann man nicht ungestraft wegsehen, wie ich es tue, es geht nicht, daß man diesen betäubenden Wahnsinn der Armut nicht zur Kenntnis nimmt, wie ich es versuche mit kopflosen Fußmärschen, mit dem Zählen von Wolgas oder mit dem Hin und Her zwischen zwei Zimmern, vielmehr muß man aus dem beklemmenden Gang der beiden *hergesandten* Kinder unter dem Wind verstehen, daß alle Bemühungen vergeblich sind, Urga greift die empfindlichsten Punkte an, um einem begreiflich zu machen: es *gibt* die Hölle, und das ist sie, wie man auch begreifen, dachte ich, wieder vorgebeugt zur Fensterscheibe, weil ich gerne die beiden Kinder mit meiner Schultasche auf dem Rücken in der Ferne verschwinden sehen wollte, begreifen und akzeptieren muß, daß es sich nicht lohnt, wenn ich mir weiter einreden will, ich könne meine wunderbare Überzeugung und meinen schmetterlingsleichten Glauben von hier nicht mehr wegbringen, meine Erfahrungen mit unseren himmlischen Beziehungen seien von hier nicht mitteilbar, denn – und mein Blick folgte ihnen noch lange in die Ferne – zwischen dem Himmlischen und dem Höllischen besteht kein Verkehr, zwischen dem himmlischen und dem höllischen Wissen besteht nicht der geringste Schriftverkehr, füreinander sind sie unerreichbar.

Ich weiß nicht, wie dieser Tag verging, daran habe ich überhaupt keine Erinnerungen mehr; mit Bestimmtheit aber dehnte ich das eigentlich ab Einbruch der Dunkelheit geltende Ausgangsverbot auf diesen ganzen zweiten Tag aus, und nicht nur, daß ich mich nicht aus den beiden Zimmern rührte, ich sah auch nicht mehr aus dem Fenster.

Früh am Morgen wachte ich auf, oder vielleicht war es noch Nacht, in der undurchdringlichen Dunkelheit war das schwer festzustellen, jedenfalls wachte ich nicht einfach irgendwie auf, sondern in Schweiß gebadet, mit schmerzenden Gliedern, wie zerschlagen schreckte ich hoch in einem Sessel des hinteren Zimmers und war übergangslos, sofort und völlig munter. Der letzte Tag in Urga, durchzuckte es mich, der letzte volle Tag, den ich hier noch durchstehen muß – ich stand auf, bewegte meine tauben Glieder, tastete nach dem Schalter an der Wand und knipste das Licht an, dann öffnete ich behutsam die Tür zum vorderen Zimmer, huschte auf Zehenspitzen, um Boschigt nicht zu wecken, durch den dunklen Raum und füllte in der Küche, wieder sehr vorsichtig, darauf bedacht, keinen Lärm zu machen, ein Halb-Liter-Töpfchen mit abgekochtem Wasser, das ich trank, weil mein Håls ganz ausgetrocknet war. Langsam stellte ich das Töpfchen auf den Tisch zurück, erhob mich auf Zehenspitzen und begann, durch das vordere in das hintere Zimmer zurück zu huschen, und ich hatte es schon durchquert, war schon in meinem, ließ schon lautlos die Klinke sich heben, da hatte ich plötzlich das Gefühl, ich hätte in dem anderen Zimmer, im Dämmerlicht des vorderen, Boschigt nur vermutet, denn in dem Bett, wo Boschigt hätte liegen müssen, habe niemand gelegen, Boschigt sei wieder nicht da, ich sei neuerlich allein, wieder völlig allein in den beiden Zimmern – und da spürte ich zu allem Überfluß auch noch, daß das beunruhigende Heimweh, das mich bisher wenigstens nachts in Ruhe gelassen hatte, am Morgen dieses letzten Tages kraftvoller als je zuvor zuschlagen würde, was es auch sogleich tat, und ich konnte von neuem mit dem qualvollen Nachforschen beginnen, wo denn nun die Heimat sei, nach der ich mich so sehr sehnte, und konnte wieder mein Hin und Her aufnehmen zwischen den beiden Zimmern, im vorderen natürlich bei jeder Wende einen vorwurfsvollen Blick auf Boschigts leeren Platz in Boschigts Bett werfend.

Wäre es nach mir gegangen, hätte ich diesen letzten Tag in Urga genauso verbracht wie den vorangegangenen: ohne mich zu rühren, nicht aus dem Fenster blickend und zugleich nichts mir einprägend über dieses Mich-nicht-Rühren und dieses Nicht-aus-dem-Fenster-Blicken; wäre es nach mir gegangen, hätte ich mich krampfhaft und störrisch, hin und her gehend und mit der Entschlossenheit eines Idioten mit mir selbst redend, damit herumgeschlagen, daß der Sinn meines Heimwehs um keinen Preis so im dunkeln bleiben dürfe, eine neue Gelegenheit werde sich nicht ergeben, wie denn auch, ich müsse dieses geheimnisvoll bittere Gefühl hier klären, bei mir selbst – so wäre es gewesen, wenn es tatsächlich nach mir gegangen wäre, nur ging es, und das brauche ich nach einer solch gründlichen Einleitung wohl nicht mehr zu sagen, nicht nach mir, denn zwischen zehn und elf Uhr vormittags kam Boschigt, dabei hatte ich schon gedacht, ich würde ihn nie mehr wiedersehen – jemand machte sich draußen an den Schlössern zu schaffen, die Tür ging auf, und Boschigt kam.

Jetzt solle ich mal aufpassen, sagte er abgehetzt, stürmte durch die Wohnung, warf seinen Mantel auf einen Stuhl, schmiß seine Schuhe in die Ecke, tauchte in der Küche auf, setzte sich an den Tisch und begann Wasser zu trinken, gleich aus dem Topf mit dem abgekochten Wasser, jetzt solle ich mal gut aufpassen, sagte er, leider habe es sich so ergeben, daß er keine Zeit für mich habe, er habe geschäftlich in die Provinz reisen müssen, und in einer Stunde müsse er schon wieder geschäftlich in die Provinz reisen, er habe nämlich, und er nahm die Brille ab, um sich die entzündeten Augen zu massieren, die Nase voll, so sehe es aus, er mache nicht länger auf Politik, weder im Mongolischen Friedenszentrum noch in der neuen Demokratischen Partei, er werde sich mit Politik nicht mehr beschäftigen, er scheiße regelrecht auf die Politik, denn er habe bemerkt, und er stand auf, um sich Jacke und Hemd auszuziehen, daß in diesem neuen System nach dem Kommunismus die Politiker nur billige Arschlöcher seien, die von den Fabrikbesitzern herumgeschoben würden, und wenn das nun mal so sei, warum solle er dann Politiker sein, lieber sei er Fabrikbesitzer, er habe sich entschieden und deshalb gestern eine Fabrik gekauft, ich solle nicht so überrascht gucken, und er sah mich an, das ist jetzt hier, seit wir die alten Herren von Ulaanbaatar in den Hintern getreten haben, sagte er, etwas ganz Alltägliches, seit nach dem Hungerstreik die neue Ordnung begonnen habe, kaufe sich, wer ein bißchen Grips habe, für einen Apfel und ein Ei eine staatliche Fabrik, er jedenfalls habe gestern für vierundachtzig Pferde eine Keramikfabrik gekauft, die sei zwar ein Schrottplatz, aber er werde den Arschlöchern schon zeigen, wer Boschigt ist, er werde exportieren, und seine Augen leuchteten auf, für den japanischen Markt, aber jetzt, und er zog sich auch die Hose aus und ging ins vordere Zimmer, müsse er eine Stunde schlafen, ich solle ganz ruhig bleiben, gleich werde man mich abholen, denn er, Boschigt, und er legte sich aufs Bett und zog eine Decke über sich, habe für den brüderlichen Ungarn ein Programm auf die Beine gestellt, damit sich der brüderliche Ungar am letzten Tag hier nicht langweile, im Gandan lebe nämlich ein berühmter Lama, von dem behaupte man, er habe heilige Hände und heile mit denen, ihn, Boschigt, lasse, das müsse er zugeben, derlei kalt, aber er habe sich gedacht, mich als so eine Art Künstler interessiere es vielleicht, stimmt's? richtig? fragte er mit schon geschlossenen Augen, aber die Antwort, tja ... ich weiß nicht recht ... müßte man vielleicht überlegen ..., hörte er nicht mehr, denn da schlief er schon, der abgesprungene Friedensforscher, der angehende Fabrikant, und sein Kopf glitt immer mehr zur Seite.

Wahrhaftig, kaum ein paar Minuten später wurde ich abgeholt, Zeit blieb weder zum Widerstand noch zum Überlegen, ein Dolmetscher führte mich zu einem schwarzen Wolga, und schon fuhr der schwarze Wolga mit uns zum Kloster Gandan.

Alles hätte ich mir für diesen letzten Tag leichter vorstellen können als zum Abschied einen Besuch im
Gandan, bei meinem ersten Aufenthalt hier hatte ich
nämlich hinlänglich erfahren, was das Gandan bedeutet,
so daß ich an einem solchen letzten Tag und vor allem in
diesem schwierigen seelischen Zustand lieber einen großen Bogen um es gemacht hätte, statt noch einmal hin-
einzugehen. Schon der Berg, auf dem das Kloster errich-
tet war, glich einem toten Fundament, der Boden, das
steinige Erdreich, auf dem die Hallen, die Lamaschule
und die Jurten der Lamas standen, taute niemals auf,
nicht im Frühjahr, nicht im Sommer, auch nicht, wenn
an dem einen oder anderen Julitag die Sonne mit sechs-
unddreißig Grad herabbrannte, denn dieser Berg mit
diesem schrecklichen Boden gehörte zu jenen ewigen
Frostinseln, welche sich südlich der sibirischen Frost-
grenze finden: eine erstarrte Anhäufung, eine verfluchte
Anhöhe, tot und auf diese Weise an sich bereits gespenstisch genug. Und irgendwie stand alles unter der Wirkung des gleichen unanfechtbaren Urteils, alles, was –
ursprünglich für die Veredelung der Seele, für ein
einziges Lächeln des nicht zurückschauenden Fürsten
Siddharta und zur ewigen Ermahnung der in den Trug-
bildern der zerfallenden Welt Umherirrenden – auf diesen Berg geraten war: der leer gähnende, riesige Palast
des Megdshid-Dshanraisig, die dem Untergang ge-
weihten Heiligtümer, die verlassene Bibliothek und der
zum Gebet rufende Turm; die Tsongkhapa-Statuen zur
Linken, hinten ausgebleicht, gerissen und gebrochen im

endlosen Kreislauf der zehnmonatigen Winter und der flüchtigen Sommer; die einhundertacht Bände des tibetanischen Kandschur in den Regalen des Heiligtums Zogtschin-dugan, jeder für sich in goldgelbe Seide gerollt, ungelesen, und auch in der Mitte des Otschirdar' die Buddha-Statue mit dem diamantenen Zepter des Dsanabadsar, dessen Lächeln vergeblich war, da war kein Blick, der es hätte aufnehmen können. Es lag ein Fluch in diesem Urteil, von dem alles unterhalb gefror, und dieser Fluch trieb die bronzenen Gebetsmühlen in den seitlichen und hinteren Durchgängen der beiden Hauptheiligtümer, er fütterte den hungrigen Schwarm dunkel gefiederter Wildtauben auf dem Klosterhof, vor allem aber war er es, der das Licht in den Blicken der rund sechzig greisen Lamas des Gandan erlöschen ließ und der sie in die Betäubtheit des völligen Unwissens, der Grobheit und der Anspruchslosigkeit stieß, und gerade dies: diese siebzig Männer des Fürsten Siddharta zu sehen, war so bedrückend für den Besucher – für mich, der ich seinerzeit, bei einem Aufenthalt auf dem Herweg, wie an den Schauplatz einer Scheußlichkeit wieder und wieder zurückgekehrt war vor diese Heiligtümer, für mich, den jetzt, aus der Stadt kommend, dieser schwarze Wolga wieder dorthin brachte, damit dank Boschigts Wohlwollen, sagte ich mir auf dem Rücksitz und seufzte, dieser Nachmittag noch schwerer werde.

Es sei sehr kompliziert gewesen, hörte ich den Dolmetscher sagen, ich könne mir gar nicht vorstellen, wie kompliziert, diese Begegnung mit dem Lama Munk-

demberel zuwege zu bringen, denn der Lama Munkdemberel lebe einzig und allein für Buddha und für seine
Kranken, deshalb wage im allgemeinen niemand ihn aus
bloßer Neugier zu stören, nur um zu sehen, wie er mit
seinen Händen heilt; er selbst, und der Dolmetscher
zeigte auf sich, habe ihn noch nie gesehen, aber da gehe es
ihm wie so vielen, die diese Hände gerne sähen, und diese
Begegnung habe nur vereinbart werden können, weil
ein Freund Boschigts auch sein Freund sei, und in dessen
Nachbarschaft lebe, vierzig bis fünfzig Kilometer von
hier, in der Gegend von Nalaich, die Schwester eines
Lastwagenfahrers, und der Mann der Schwester, ein einfacher Hirte, stamme nicht nur aus demselben Aimak,
sondern auch aus demselben Sum und demselben Bag
wie Munkdemberel, so habe sich die Begegnung zuwege bringen lassen, hinaus nach Nalaich und wieder
zurück, na, ich könne mir das ja vorstellen; der Lama
stehe morgens um vier auf und gehe spät in der Nacht
schlafen, und von morgens um vier bis spät in die Nacht
werde er von den Kranken aufgesucht, vom frühen
Morgen an, und der Dolmetscher hob mahnend den
Zeigefinger, ich solle mir nur denken, tatsächlich bis
spät in die Nacht hinein, da blieben nur ein paar Stunden
zum Schlafen, wie bei den Vögeln, und nun hob er auch
die Stimme, den Vögeln einen besonderen Nachdruck
verleihend, vielleicht, weil er mir ansah, mit wie starkem
Zweifel ich ihm zuhörte, daß es unter den sechzig Mön-
chen des Klosters demnach einen geben sollte, der mich
nicht mit seinem vergreisten, abgestumpften, verwil-

derten und nach Almosen gierenden Wesen, sondern mit einer Buddha und der ursprünglichen Berufung eines Lamas nicht unwürdigen Lebensweise überraschen könnte; nein, da hob der Dolmetscher Zeigefinger und Stimme vergebens, das konnte ich mir in der Tat nicht vorstellen, nicht einmal aus echter Dankbarkeit für seine Bemühungen mit der Fahrt nach Nalaich und zurück, nicht einmal, wenn mir klar war, daß die Lehrlamas tagsüber nicht an den öffentlichen Hural-Zeremonien teilnahmen, so daß es ganz bestimmt Lamas gab, die ich selbst noch nicht gesehen hatte, weil sie zurückgezogen, verborgen für die Besucher des Gandan, im weißen Gebäude der Zanid lebten. Dieser Lama wird alt und starblind sein, dachte ich traurig, zur Kenntnis nehmend, daß die Begegnung mit ihm das gleichsam letzte Siegel unter meine Urgaer Geschichte drücken würde, die Haut runzlig, der Kopf zitterig, abgemagert bis auf die Knochen, ein Kerl, der im Gegensatz zur Mehrheit möglicherweise die tibetanische Sprache und ein paar Heilkräuter von den Bergen des Altai kennt, der über die strenge Lebensführung im Kloster sprechen wird, der über den langsamen, aber ermutigenden Anstieg der Zahl der Gläubigen berichtet, vor allem jedoch über die leere Schatzkammer des Gandan und die unbedingte Notwendigkeit des Spendens, um abschließend die schreckliche Erinnerung an die unter Führung von Kommissar Tschojbalsan niedergemetzelten hunderttausend Lamas und die bis auf die Grundmauern zerstörten mongolischen Klöster heraufzubeschwören, er wird reden, die starblinden Augen ins Helle gerichtet, und ich werde schweigen, werde mit schlechtem Gewissen schweigen darüber, dachte ich mit einem Blick aus dem Rückfenster des Autos auf das westliche Jurtenviertel seitlich des Gandan, daß er in mir weniger den interessierten Fremden zu sehen hat, als vielmehr jemanden, der entsetzt ist über sein Gandan, über dieses Totenhaus des Buddhismus und ganz allgemein über die erschreckende Wirklichkeit Urgas, jemanden, der unfähig ist, seine im uralten chinesischen Reich gewonnene Überzeugung und seinen Glauben an ein himmlisches Universum sich *in einem Atemzug*, in einer einzigen Realität mit den Urgaer Zuständen vorzustellen und sie mit gesundem Verstand gleichzeitig zu akzeptieren, jemanden, den vielleicht gerade im Zusammenhang damit hier ein solches Heimweh zu plagen begann, daß er nun wahrhaftig nicht mehr weiß, in was für ein Flugzeug er morgen, am einundzwanzigsten Oktober neunzehnhundertneunzig gegen zehn Uhr morgens steigen müßte.

Das ist es, sagte der Dolmetscher auf russisch zum Fahrer, hier rechts, das weiße Gebäude.

Der Fahrer bog ab, der Wolga hielt, und wir beide, der Dolmetscher und ich, stiegen hinaus in den heulenden Wind vor die Zanid und traten ein, gleich darauf fand ich mich in einer Art Pförtnerloge wieder, ich erinnere mich deutlich an einen ganz kleinen, rundlichen eisernen Ofen in der Ecke, auf dem brodelnd Wasser kochte, und an einige verbeulte blecherne Trinkgefäße auf dem Tisch dieser Pförtnerloge oder was es war, ich erinnere mich deutlich, daß dort sechs solche Blechgefäße standen, dicht nebeneinander, und da überkam mich, während wir auf Munkdemberel warteten, ein sonderbares Gefühl, das von mir verlangte, diese sechs bereitgestellten Blechgefäße zu betrachten und den betagten Mönch, eine Art Pförtner, der geschäftig den Topf mit dem brodelnden Wasser nahm, zum Tisch schlurfte und begann, einen Teefilter über sie haltend, die Blechbecher zu füllen, ich beobachtete, und zwar, warum, weiß ich nicht, immer befangener, den Dampf, der aus den sechs Gefäßen aufstieg, und die bizarren Verbeulungen dieser Gefäße, sah zu, wie der Alte das eine mit der linken Hand ergriff, es aber rasch an die rechte weitergab, als wäre es in ihr sicherer, mit der linken den Dampf wegwedelte, mich, als wollte er sagen, sieh nur, wie kochend heiß Tee sein kann, anlächelte und es dann an die Lippen hob: – mich, den der Becher an seinem Mund samt den fünf anderen, auf dem Tisch stehenden, dem die zeitlose Stille also, die in der Pförtnerloge herrschte, aus unerklärlichem Grund, aber auf vollkommene Weise ans Herz ging und der ich mittlerweile, wegen der Friedsamkeit der Becherchen vielleicht, mit einer absoluten Sicherheit ahnte, daß er kein alter und starblinder Lama sein würde, mit runzliger Haut und zittrigem Kopf, daß nicht von der leeren Schatzkammer des Gandan die Rede sein würde, nicht von der tibetanischen Sprache und nicht von heilenden Kräutern.

Ich will damit sagen, daß er da war, bevor er kam.

Er mochte nicht älter als dreißig sein, er war hochgewachsen, schmal und schön, seine Bewegungen flink und geschmeidig, sein Blick sanft und warm, die Augen jedoch in diesem sanften und warmen Blick tiefernst.

Hier ist er, sagte hinter mir der Dolmetscher und tippte mir auf die Schulter.

Die Pförtnerloge hatte eine zweite Tür, hinten, durch sie war Munkdemberel eingetreten, den gelben Lamakittel zusammenhaltend und unter dem niedrigen Sturzbalken den kahlgeschorenen Kopf ein wenig neigend, und durch dieselbe Tür gingen wir dann mit ihm hinaus, er voran, den Weg weisend, eine Treppe hinauf, hinter ihm, sichtlich ergriffen, der Dolmetscher, zuletzt ich, sofortiger und bedingungsloser Gefangener des Blickes Munkdemberels –, seines ersten, als er vorhin in der Pförtnerloge eintrat, um uns abzuholen, und uns nicht so sehr ansah, als lernte er unsere Gesichter eben erst kennen, sondern als seien sie ihm seit langem vertraut, besonders das des Dolmetschers, er ergriff seine Hände und dann auch meine, berührte mit beiden Händen auch mich, als wäre nichts natürlicher als dies, als diese alte Bekanntschaft. Und nun muß ich gestehen, daß ich mich von diesem ersten Blick Munkdemberels nicht mehr zu befreien vermochte, aber es auch nicht wollte, was jedoch bedeutete, daß ich außerstande war, achtzugeben, als das Gespräch begann, ich gab nicht einmal acht, was ich sagte und fragte, als wir oben angelangten und in einen leeren Unterrichtsraum gingen, wo wir auf den niedrigen, für den Lotussitz eingerichteten Bänken Platz nahmen, ich mich in sehr befangener Verdolmetschung vorstellte und ihn um etwas Ähnliches bat, ich konnte einfach nicht achtgeben, auch nicht auf meine eigenen Worte, ich achtete nur auf ihn, auf diesen ersten Blick, der blieb, wie er begonnen hatte – und jetzt, glaube ich, ist es an der Zeit, offen zuzugeben, daß dies alles nicht deshalb so mit mir geschah, weil ich an Munkdemberel etwa irgendeine übernatürliche Ausstrahlung, eine nicht nachvollziehbare magische Kraft wahrgenommen hätte, nein, viel eher, weil er über eine in dieser alltäglichen Erhabenheit bisher noch nie erlebte weltliche Sanftheit verfügte, über ein ganz einfaches, kristallklares Wissen, kurz – und jetzt möchte ich nicht länger drum herum reden – über eine Güte, von der ich einfach den Blick nicht wenden konnte, so daß ich ihn nur ansah und nicht darauf achtete, was ich fragte und was er sagte.

Er war sechzehn, hörte ich den Dolmetscher irgendwie weit entfernt sagen, als er bemerkte, daß seine Hände eine besondere Fähigkeit besitzen, sein Magen schmerzte, und er lag auf dem Rücken, und er legte die Hände auf den Magen, und die Schmerzen begannen nachzulassen und verschwanden dann ganz durch seine Hände – die Worte des Dolmetschers dröhnten geradezu in dem Raum, Munkdemberel lächelte, dann war von tibetanischen Büchern die Rede und von einem Großvater, der Arztlama im Erdene-Dsuu-Kloster gewesen sei, die Worte drangen zu mir, ihr Sinn war aber nur oberflächlich und abgehackt, Munkdemberel hatte den Kopf gesenkt, der Dolmetscher übersetzte ausdauernd, ich verstand ihn nicht, ich beachtete ihn nicht, ich lächelte Munkdemberel zu.

Er zeigt es Ihnen gerne, sagte da der Dolmetscher und versetzte mir unter der Bank mahnend einen Stoß, bitte? sagte ich und wandte mich ihm zu, er untersucht Sie gerne, wiederholte der Dolmetscher, dann werden Sie es auch verstehen, sagt der Lama, dann lernen Sie es auch kennen, verspricht er, dieses Wissen, wie sie früher geheilt haben und wie er heute heilt, setzen Sie sich dorthin, riet der Dolmetscher aufgeregt, in seine Nähe, hierher? fragte ich, Munkdemberel nickte lächelnd, aber dann mußte ich mich nicht setzen, sondern vor ihn stellen und die Arme ausstrecken, und er ergriff sie, mit der rechten Hand den rechten, mit der linken Hand den linken, sie mit den Handflächen gleichsam unten stützend, dann legte er seine Finger auf meine beiden Pulsadern und drückte sie, mal die eine, mal die andere, hauchzart. Ich aber gab, ganz aus der Nähe, nur acht auf Munkdemberels Blick, den Ernst in seinen Augen, die Berührung seiner Hände, bis ich auf einmal sagen mußte, mir sei schlecht, mir sei ganz schwindlig, ich müsse mich hinlegen, ich sagte es dem Dolmetscher und sah Munkdemberel an, er solle mich entschuldigen, aber ich könne nicht mehr, stehen schon gar nicht, ich sei einer Ohnmacht nahe, also halfen sie mir, mich hinzusetzen, Munkdemberel trat ganz nahe heran, er legte die Hände auf meinen Brustkorb, jetzt war auch sein Gesicht ernst, und er sagte etwas, ich sah den Dolmetscher fragend an, er sagte erschrocken, ich solle keine Angst haben, der Lama sage, es gehe gleich vorüber.

Ich war ihm dankbar für die beruhigenden Worte und dankbar für die Wärme seiner Hände, die langsam über meinem Brustkorb kreisten, doch entging mir nicht, daß Munkdemberel offenkundig ratlos war. Die Besorgnis in seinem Blick verriet unmißverständlich, daß er nicht verstand, was sich ereignet haben mochte, er hockte vor mir, die Linke auf meine Schulter und die Rechte heilend auf meinen Brustkorb gelegt, ich lächelte wieder und sagte, jetzt wird alles gut, jetzt fühle ich mich schon besser. Die enge Nähe zu Munkdemberel behagte mir sehr, sie erinnerte mich an eine unsäglich weit zurückliegende, nur langsam und undeutlich erahnbare Nähe, und als ich dann wieder aufstehen konnte und wir uns zu verabschieden begannen, erst im Unterrichtsraum, dann weiter bis zum Treppenhaus, da fiel mir plötzlich ein, o nein, vielleicht ist es gar keine unsäglich *weit zurückliegende* Nähe, die mir bei Munkdemberel so behagte, sondern, im Gegenteil, eine... unsäglich zukünftige. Schon bei dem bloßen Gedanken war mir, als drehte sich alles um mich herum, ich mußte mich ein wenig an die Wand lehnen, doch weder Munkdemberel noch der Dolmetscher bemerkten es, sie unterhielten sich angeregt, während sie vor mir die Treppe hinunterstiegen, vermutlich über die Schwester in Nalaich und über den Aimak, den Sum, den Bag. Wir gingen wieder durch die Pförtnerloge, auf dem Tisch standen, aber ungeordnet jetzt, durcheinander, leer, die Blechbecher, das Gesicht des Pförtners hellte sich auf, er trat mit uns vor die Zanid, in den Wind, an den Wolga, ich beobachtete Munkdemberels Abschiedsblick, wir stiegen ein, winkten, und ich spürte, wie in meinem Kopf sich alles jetzt aus der Vergangenheit in die Zukunft verlagerte. In eine aus Urga unerreichbare Zukunft, dachte ich, und mir schwindelte, aus der vermutlich auch das Gute, das in Munkdemberel wirkt, stammt, in eine unvorstellbare und unbegreifliche Zukunft, dachte ich, während der Wolga anrollte, die nicht aus den vorangegangenen Welten folgt und in deren Richtung mich, sagte ich mir, vielleicht auch dieses mein unstillbares Heimweh stoßen möchte.

Als wir aus dem Klostertor fuhren und abwärts zur Stadt, sah ich wieder die Jurtensiedlung unterhalb des Gandan, nichts weiter, nur die erbärmliche Einfriedung der westlichen Jurtensiedlung, die rostigen Eisenrohre auf den Jurten und die hier und da aus den Türen lugenden Gestalten, deren düstere, starre Blicke dem wegfahrenden Wolga vom Berg des Gandan bis hinab zur Enk-Taiwny-Gudamdsch folgten. Nur das sah ich aus dem fahrenden Wolga, denn später, als wir in die Richtung meines Quartiers einbogen, sah ich nicht mehr aus dem Fenster, wir kamen an, ich zeigte dem Dolmetscher alle Uhren und Feuerzeuge, ob er sie haben wolle, er nahm sie und verabschiedete sich rasch, und ich ging in Boschigts Wohnung, wo ich mich im hinteren Zimmer niederlegte, mir fiel noch ein, aber ja, mir ist einfach vor

Müdigkeit so schwindlig, einige Minuten später war ich eingeschlafen.

Am Morgen darauf weckte mich Boschigt, wir hätten verschlafen, ich solle mich beeilen, wir müßten gleich gehen. Während er unten ein Taxi abfing, packte ich, und schon sausten wir zum Flugplatz. Wir seien zu spät dran, meinte Boschigt und führte eine kurze Verhandlung mit dem Fahrer, wobei er ihm zwei Zehn-Tugrik-Scheine ans Armaturenbrett heftete, der Fahrer nickte und gab Gas. Uns blieb kaum Zeit, Abschied zu nehmen, wir umarmten uns nur kurz, dann stürmte ich hinein, durch die Paßkontrolle, durch den Zoll, aber letztlich war alle Hast umsonst, ich kam nicht zu spät. Ich setzte mich auf eine Bank im Warteraum und sah auf die Uhr über meinem Kopf, sie zeigte neun Uhr fünfzig.

Der einundzwanzigste Oktober, dachte ich.

Neunzehnhundertneunzig.

Und da fielen mir die beiden Kinder mit der Schultasche ein, und diese beiden Kinder leuchteten, als ich, auf den Start der Maschine wartend, unter der Uhr saß, urplötzlich in einen schon seit sehr langer Zeit nicht mehr durchstöberten Winkel meiner Erinnerungen und förderten daraus ein sehr altes Bild von mir selber zutage, als ich noch sehr klein war und dachte, wie unermeßlich weit doch noch das Jahr Zweitausend entfernt sei und wie wunderbar es sein würde, wenn es anbreche. Zweitausend – ich lauschte dem Wort in meinem Innern nach und sah deutlich mein damaliges Ich, aber ebenso deutlich sah ich auch mein jetziges, wie es auf der Bank eines Warteraums in Urga saß, das Handgepäck im Schoß zusammenhielt, unter einer Uhr, die neun Uhr fünfzig zeigte, und wie es, Abschied nehmend, dachte, dieser Ernst in Munkdemberels Augen, diese sechs Blechbecher auf dem Tisch der Pförtnerloge, diese unvorstellbare und unbegreifliche Zukunft, das ist Zweitausend.

Ich sah zur Uhr.

Nur noch zehn Minuten.

Und ich dachte:

Nur noch zehn Jahre.

INHALT

I	Vor Maan't, hinter Maan't	7
II	Zwei kleine Hände am Anlaßschalter	21
III	Die dunklen Wälder	47
IV	Die Göttin hat geschrieben	85
V	Im Escorial fiel ein Essen aus	101
VI	Siegel an den Toren	117
VII	Versäumtes Guangzhou	143
VIII	Nur noch zehn Jahre	185

László Krasznahorkai
Melancholie des Widerstands
Roman
Aus dem Ungarischen von Hans Skirecki
Band 11880

Geschildert wird die Anatomie eines Machtwechsels in einer bleiernen totalitären Welt, mit dem sich die Menschen abgefunden haben und in ihrem nichtigen Unglück dahinvegetieren. Der Ausbruch der Gewalt in diesem Roman gerät dennoch nicht zur Revolution. Es gibt keine Helden, nur Schläger. Es gibt auch keine Befreiung, nicht einmal Erleichterung, sondern die Errichtung einer neuen Ordnung, die nur eine zynische Abwandlung der alten ist. Dafür hat nicht zuletzt die sinistre Frau Eszter gesorgt, die ewige Nutznießerin, die ihren Liebhaber, den trunksüchtigen Polizeidirektor des alten Regimes, bedenkenlos gegen den starken Mann der neuen Kräfte austauscht und wieder bei den Mächtigen ist. Das politisch-historische Endzeit-Gleichnis ist eingebettet in ein Grusel-Szenario wie vom Höllen-Bruegel. Rabenschwarzer Humor durchzieht das ganze Buch.

»Als hätten sich Kafka, Beckett
und Thomas Bernhard zusammengetan.«
›*FAZ*‹

Fischer Taschenbuch Verlag

fi 1967 / 2

Péter Esterházy

Das Buch Hrabals
Roman
Aus dem Ungarischen von Zsuzsanna Gahse
Band 11603

Donau abwärts
Roman
Aus dem Ungarischen von Hans Skirecki
Band 12299

Die Hilfsverben des Herzens
Roman
Aus dem Ungarischen von Hans-Henning Paetzke
Band 9171

Kleine ungarische Pornographie
Aus dem Ungarischen von Zsuzsanna Gahse
Band 10563

Wer haftet für die Sicherheit der Lady?
Erzählung
Aus dem Ungarischen von Hans-Henning Paetzke
Band 9231

Fischer Taschenbuch Verlag

Wien erzählt

25 Erzählungen

Ausgewählt und mit einer Nachbemerkung
von Jutta Freund

Band 12732

Wien erzählt lädt ein zu einer literarischen Entdeckungsreise
durch eine der wichtigsten deutschsprachigen Metropolen. Allein in diesem Jahrhundert hat Wien Atemberaubendes erlebt:
Zu Anfang noch den Glanz der Österreich-ungarischen Mo-
narchie, danach die sozialen Unruhen im arg zusammenge-
schrumpften Rumpfstaat, den »Anschluß« ans nationalsozia-
listische Deutsche Reich und schließlich den Aufbau einer
Demokratie im neutralen Nachkriegsösterreich. Diese An-
thologie spiegelt Geschichte und Gegenwart, Mentalität und
Atmosphäre dieser unvergleichlichen Stadt.

Es erzählen:

Ilse Aichinger, Peter Altenberg, H.C. Artmann,
Ingeborg Bachmann, Hermann Broch, Veza Canetti,
Elias Canetti, Milo Dor, Josef Haslinger, André Heller,
Fritz von Hermanovsky-Orlando, Hugo von Hofmannsthal,
Ernst Jandl, Karl Kraus, Anton Kuh, Robert Menasse,
Robert Musil, Alfred Polgar, Christoph Ransmayr,
Gerhard Roth, Joseph Roth, Arthur Schnitzler,
Hilde Spiel, Dorothea Zeemann,
Stefan Zweig.

Fischer Taschenbuch Verlag

Elias Canetti
Die Blendung
Roman

Band 696

Dieser Roman, 1935 in Wien zum erstenmal veröffentlicht, aber von ungünstigen Zeitumständen in seiner Wirkung behindert, ist auf Umwegen über England, Amerika und Frankreich, in die deutsche Literatur zurückgekehrt, in der er heute einen wichtigen Platz einnimmt. Wie Joyces *Ulysses*, mit dem die Kritik Canettis Buch immer wieder verglichen hat, ist *Die Blendung* im Grunde eine mächtige Metapher für die Auseinandersetzung des Geistes mit der Wirklichkeit, für Glanz und Elend des einsam reflektierenden Menschen in der Welt. Protagonist der Handlung ist Kien, ein berühmter Sinologe, der in seiner 25 000 Bände umfassenden Bibliothek ein grotesk eigensinniges Höhlenleben führt. Seine Welt ist im Kopf, aber sein Kopf ist ohne Sinn für die Welt. Als Kien, von seiner Haushälterin zur Ehe verführt, mit den Konventionen und Tatsachen des alltäglichen Lebens konfrontiert wird, rettet er sich gewissermaßen in den Irrsinn.

Fischer Taschenbuch Verlag

fi 598 / 6

Veza Canetti
Geduld bringt Rosen
Erzählungen

Band 11339

Wie die Geschichten der *Gelben Straße* versetzt auch die
Mehrzahl der in *Geduld bringt Rosen* versammelten Erzählungen den Leser in das Wien der frühen dreißiger Jahre zurück. Mit spürbarer Anteilnahme erzählt Veza Canetti von
Menschen, die in bedrückenden Verhältnissen leben. Ihr Stil
ist knapp und präzis, in einer eigenwilligen Mischung aus
Erzählbericht und Figurenperspektive treten die Charak-
tere und Situationen schon in wenigen Sätzen greifbar vor
Augen. Es sind die namenlosen, die übersehenen und die
durch ihre Geburt oder die Niedertracht anderer benach-
teiligter Menschen, denen die Aufmerksamkeit von Veza
Canetti gilt. Sie erkennt ihre Individualität, gibt ihnen Namen und bewahrt die, die sie beachtet und beobachtet, in
knappen, genauen Erzählungen davor, übersehen und vergessen zu werden. Veza Canetti erzählt ohne Herablassung,
einfühlsam und witzig von diesen Männern, Frauen und
Kindern im Wien der Zwischenkriegszeit. Und gerade das
Fehlen jeder Sentimentalität macht ihre Erzählungen so an-
rührend und wahrhaftig.

Fischer Taschenbuch Verlag

fi 659 / 5

Franz Kafka
Beim Bau der chinesischen Mauer
und andere Schriften aus dem Nachlaß

In der Fassung der Handschrift

Band 12446

Gegen Ende November 1916 begann Kafka Eintragungen
in Oktavhefte zu machen; er setzte dies bis zum Februar 1918
fort – sie sind mit dem Dramenfragment »Der Gruftwächter«
und Aphorismen in diesem zweiten Band mit Schriften
aus dem Nachlaß zusammengefaßt.

»Die chinesische Mauer ist an ihrer nördlichsten Stelle
beendet worden. Von Südosten und Südwesten wurde der Bau
herangeführt und hier vereinigt.«

»Franz Kafka ist ein romantischer Klassiker, zweifelsohne.
Die tragische und skurrile Ironie seiner die Nichtigkeiten der
Wissenschaften und des menschlichen Daseins persiflierenden
Erzählungen, die Lebens- und Todesängste, das folterreiche
Beamtendasein seiner Tiere und Menschen... steht mit seiner
von Anbeginn unveränderlichen, weil vollendeten ethisch-
menschlichen Natur jenseits von Lob und Tadel.«
Albert Ehrenstein

Fischer Taschenbuch Verlag

Franz Kafka
Reisetagebücher

In der Fassung der Handschrift

Mit den parallel geführten Aufzeichnungen von
Max Brod im Anhang

Band 12452

In den Jahren 1910 bis 1912 machten
Franz Kafka und Max Brod unabhängig voneinander
Aufzeichnungen von ihren gemeinsamen Reisen; die Gegen-
überstellung der Niederschriften verdeutlicht das
Gegensätzliche im zusammen Erlebten.

»Das Schloß in Friedland. Die vielen Möglichkeiten,
es zu sehen: aus der Ebene, von einer Brücke, aus dem Park,
zwischen entlaubten Bäumen, aus dem Wald
zwischen großen Tannen durch.«

»Nie im Leben bin ich je wieder so ausgeglichen heiter
gewesen wie in den mit Kafka verbrachten Reisewochen... –
es war ein großes Glück, in Kafkas Nähe zu leben.«
Max Brod

Fischer Taschenbuch Verlag

fi 1669 / 1

Erzähler-Bibliothek

Joseph Conrad
Jugend
Ein Bericht
Band 9334

Heimito
von Doderer
***Das letzte
Abenteuer***
Ein ›Ritter-Roman‹
Band 10711

Fjodor M.
Dostojewski
***Traum eines
lächerlichen
Menschen***
Eine phantastische
Erzählung
Bobok
Aufzeichnungen
einer gewissen
Person. Band 12864

Daphne du Maurier
Der Apfelbaum
Erzählung
Band 9307

Ludwig Harig
Der kleine Brixius
Eine Novelle
Band 9313

Abraham B.
Jehoschua
Frühsommer 1970
Erzählung
Band 9326

Michael Köhlmeier
Sunrise
Erzählung
Band 12920

Siegfried Lenz
***So zärtlich
war Suleyken***
Masurische
Geschichten
Band 11739

Antonio Manetti
***Die Geschichte
vom dicken
Holzschnitzer***
Band 11181

Thomas Mann
***Mario und
der Zauberer***
Ein tragisches
Reiseerlebnis
Band 9320
***Der Tod
in Venedig***
Novelle
Band 11266

Walter de la Mare
***Die verlorene
Spur***
Erzählung
Band 11530

M. Marianelli
***Drei, sieben,
siebenundsiebzig
Leben***
Erzählung
Band 11981

Fischer Taschenbuch Verlag

fi 669 / 15 a

Erzähler-Bibliothek

Peter Rühmkorf
*Auf Wiedersehen
in Kenilworth*
Ein Märchen
in 13 Kapiteln
Band 12862

Antoine de
Saint-Exupéry
Nachtflug
Roman
Band 9316

Arthur Schnitzler
*Frau Beate
und ihr Sohn*
Novelle
Band 9318

Anna Seghers
*Wiedereinführung
der Sklaverei
in Guadeloupe*
Erzählung
Band 9321

Isaac Bashevis
Singer
*Die Zerstörung
von Kreschew*
Erzählung
Band 10267

Franz Werfel
*Eine blaßblaue
Frauenschrift*
Erzählung
Band 9308

Edith Wharton
Granatapfelkerne
Erzählung
Band 12863

Oscar Wilde
*Der Fischer
und seine Seele*
Märchen
Band 11320

Carl Zuckmayer
Der Seelenbräu
Erzählung
Band 9306

Stefan Zweig
Angst
Novelle
Band 10494
*Der begrabene
Leuchter*
Legende
Band 11423
*Brennendes
Geheimnis*
Erzählung
Band 9311
*Brief einer
Unbekannten*
Erzählung
Band 13024
*Geschichte
eines Unterganges*
Erzählung
Band 11807
*Wondrak/
Der Zwang*
Zwei Erzählungen
gegen den Krieg
Band 12012

Fischer Taschenbuch Verlag

Osteuropäische Literatur im Ammann Verlag

Auf der Karte Europas ein Fleck
Gedichte der osteuropäischen Avantgarde. Hrsg. von Manfred Peter Hein
464 Seiten. Gebunden.

Ana Blandiana
EngelErnte
Gedichte. 144 Seiten. Gebunden.

Ádám Bodor
Schutzgebiet Sinistra
Roman. 244 Seiten. Gebunden.

Mircea Dinescu
Ein Maulkorb fürs Gras
Gedichte. 118 Seiten. Englische Broschur.

Jurij Galperin
Play Blues
Roman. 212 Seiten. Gebunden.

Daniela Hodrovà
Città dolente. Das Wolschaner Reich.
Roman. 264 Seiten. Gebunden.
Im Reich der Lüfte
Roman. 400 Seiten. Gebunden.

László Krasznahorkai
Der Gefangene von Urga
Roman. 232 Seiten. Gebunden.
Melancholie des Widerstands
Roman. 456 Seiten. Gebunden.

Predrag Matvejević
Der Mediterran
Raum und Zeit des Mittelmeerraums. 308 Seiten. Gebunden.

Janos Pilinszky
Lautlos gegen die Vernichtung
Gedichte. 120 Seiten. Englische Broschur.